赤川次郎

明日に手紙を

実業之日本社

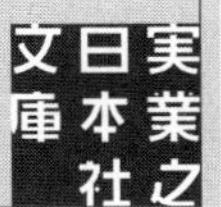

目次

明日に手紙を

1　故障

「ひどい音ね」

母がお茶を飲む手を止めて言った。

「調子悪いの、あの洗濯機」

と、充子(みつこ)は台所で洗いものをしながら、「少し安いからと思って、あれにしたんだけど、失敗だったたわ」

「安物買いの何とやらね」

と、母、ユキは笑って、「ちょっと、止めた方がいいんじゃない？　何か引っかかってるのかもしれないわよ。見てあげる」

「放(ほ)っといて。私、見るから」

「でも、故障しちゃうと大変よ。ここんとこ雨が多いし」

よいしょ、と立ち上った母が、浴室の方へ少し右足を引きずりながら見に行くのを、台所から充子は横目で見ていた。――洗濯機がひどい音をたてるのは、もうここ十日間ぐらいずっとだ。むしろ、充子は母の右足の方が気になっていた。

リューマチの気があって、当人は我慢しているのだが、はたで見ていると心配だ。夫と相談しようと思うのだが、ともかく毎晩帰りは遅いし……。

やっと洗いものをすませて、タオルで手を拭きながら、充子は洗濯機のガタガタいう音が止まっているのに気付いた。

お母さんが止めたのかしら。

「――お母さん。――止めないで。終らしちゃわないと、後が大変だから」

と、声をかけながら、浴室の方へ行く。

「お母さん？」

返事がない。

いやに浴室は静かだった。

「――お母さん、どうしたの？」

浴室を覗き込んだ充子は立ちすくんだ。時が止まってしまったかのようだった。

お母さん、何をしてるの？　そんな所で寝ちゃだめよ。――お母さん。

母が寝ているのでないことは、もう充子にも分っていた。

母、副田（そえだ）ユキはカッと目を見開いてじっと天井をにらみつけ、動かなかった。普通ならとても考えられない、「怖い顔」をしている、と充子は思った……。

「材質が違う？」

片岡英俊（かたおかひでとし）は訊（き）き返した。「どういうことだ、それは！」

「分りません」

工場の責任者は禿（は）げ上った額に汗をかいていた。「ともかく指定されたものと違うんです」

片岡英俊はメガネを直した。――苛々（いらいら）しているときのくせだ。

会議室は静かだった。――二人しかいないのだから当然だ。

「すると……どういうことだ」

「こっちのミスです。言い逃れはできません」

「そんなことを訊いてるんじゃない！」

ヒステリックな声が会議室に響いた。「そのことは誰が知ってる！」

「はあ……。今のところは私と数人です。しかし――」

と、工場のＱＣ（品質管理）の責任者である梅崎（うめざき）は急いで付け加えた。「製品は向うが押さえていますし、壊れた箇所は一目で分ります。感電の原因は、製品の欠陥にあったということは、否定できません」

片岡英俊は唇の端を引きつらせた。

梅崎は現場一筋で三十年以上のベテランである。その言葉には重みがあった。

片岡英俊は本社の管理課長だが、まだ三十二歳という若さ。梅崎のキャリアが始まったころは、まだ赤ん坊だったことになる。

「使い方が悪いってこともあるだろう。何か固い物が中に落ちたとか」

「その場合は自動的に電源が切れます。今回はともかく部品が割れて水が洩れ、感電したんです。これはとても――」

「で、死んだのは？」

梅崎は震える手でメモを開けた。

「――副田ユキさん、という方です」

「いくつだ？」

「六十七と聞いています」

「六十七？　じゃ、もともと心臓が弱かったかもしれないじゃないか」

「それは……そうですが」

「何をぐずぐずしてたんだ！」

片岡英俊は、机をてのひらで叩いた。「すぐ駆けつけて、その洗濯機を運んで来ちまえば良かったんだ！　そうすりゃ、何とでも言い抜けられたのに」

「――お言葉ですが、人一人亡くなったんです。しかも原因ははっきりしています」

「だから何だ」

梅崎は言葉をのみ込んだ。——言ってもむだだと分ったのだ。

「——家はどこだ」

「住所はこれです」

と、メモを机に置くと、「これから私は伺って、お詫びを——」

「余計なことをするな！」

と、片岡英俊は怒鳴った。「いいか、ひと言でも、うちの責任と認めるようなことを言ったら、クビだぞ！」

梅崎は青ざめた顔でじっとこの若い課長を見ていたが、

「——分りました」

と、立ち上って、「では、ご指示をお待ちしています」

とひと言、足早に出て行った。

入れ違いに、心配そうな顔が覗いた。

「どうかしたんですか？」

「成瀬か」

片岡英俊は息をついて、「お前——出張じゃなかったのか」

「今、戻ったんです。みんな心配してますよ、凄い声だったんで」

成瀬広志は、管理課の三人の係長の一人である。四十八歳。数年前に胃をやられて大分やせたが、このところまた腹の出具合は昔に戻りつつあった。

「まずいことがあってな」

と、若い課長は渋い顔で、「技術屋は融通がきかなくて参るよ」

「梅崎さんは特に頑固ですからね」

と、成瀬は微笑んで、「──どうしたんですか？」

「おい」

メモを取り上げ、「悪いが、ここへ行ってくれないか」

と、片岡英俊は言った。


「──もう食べようよ」

と、一人娘の美紀が口を尖らしたのも無理はない。

夕ご飯が九時になっては、十六歳、高校一年生のお腹はもつまい。

「じゃ、先に食べて。──お母さん、もう少し待ってるから」

「だって……」

と、美紀はため息をついて、「じゃ、TVでも見てるよ」

「あと十五分。ね？」

──真知子だって、お腹は空いている。

しかし、夫から、わざわざ電話で、

「八時には帰るから、待っててくれ」

と言われたのでは、そう放っておいて食べてしまうわけにもいかない。

「お父さんも、電話の一本くらいかけてくりゃいいのに」

美紀の言葉に、真知子も同感だ。

もう四年になるか。ストレスで胃に穴があき、血を吐いて倒れた。救急車に付き添って乗って行ったときの、寿命の縮むような思いを、今でも忘れない。

あのときは夫も、

「もう、仕事仕事で駆け回るのはやめよう。のんびりやるさ。体が大事だ」

と、病院で言っていたのだが……。

結局、喉もと過ぎれば何とやらで、また夜中、夜中の連続。今日は出張の帰りで、早く帰れると言っていた。それなのに……。

TVは九時のニュースだった。

「――お母さん」

と、美紀が言った。「今の、聞いた？」

「え？」

ぼんやりしていた真知子は、何も耳に入っていなかった。「何を？」

「ほら」

と、美紀がＴＶを指した。

「――欠陥があったのはＫ電機工業の洗濯機、Ｋ―××型で、感電死した副田ユキさんは、洗濯機から大きな音がしたので様子を見ようとしたものと見られています」

「――お父さん、知ってるのかな」

と、美紀は言った。

「さあ……。大変ね」

Ｋ電機工業。――確かに、夫、成瀬広志の勤め先だが、それが直接夫と何か係わってくるとは、真知子は思ってもいなかった。

「――お父さんだ」

と、美紀が言った。

「え？」

夫が帰って来たのかと思った。そうではなかった。――ＴＶに夫がうつっていたのだ。

「通夜の席にＫ電機工業の社員が訪れ、紙包みを渡そうとしたのを、遺族が拒否。そのときに落ちた紙包みが破れて、菓子箱の中から札束が飛び出しました。この非常識なやり方に、遺族は怒りを抑え切れない様子で――」

ＴＶに、足下にばらまかれた札束がうつっている。それを呆然と見下ろしているのは確かに夫だった。

「ＴＶを消せ」

――いつの間にか、夫が立っていた。

真知子は、たった今ＴＶに出ていた夫が立っているのを見て、何だか妙な気がした。

美紀がリモコンでＴＶを消した。

「――お帰りなさい」

と、真知子は立ち上って、「お疲れさま」

夫は暗くふさぎ込んでいた。

真知子は、ゾッとした。血を吐いて倒れたころ、夫がちょうどこんな表情をしていたことを思い出したのである。

2　犠牲

「馬鹿をやりおって！」

「あなた――」

と、なだめるように妻の信江が言った。

「ごめん」

と、片岡英俊は上目づかいに父親を見ながら言った。

「英俊のせいじゃないわ。欠陥品を作ったのは工場の人でしょ」

と、信江は夫へ言った。「それを責めちゃ可哀そうよ」

片岡弥介は苦々しい顔で黙ってしまった。

――片岡邸の居間は、重苦しい空気に包まれている。

片岡弥介は、K電機工業の社長である。父親が創業した会社を継いで、何倍にも大きくした。六十五歳で、白髪だが、がっしりした体には自信が充ち溢れている印象を与える。

妻の信江は六十歳、髪を紫色に染めて、おっとりとした「奥様」である。今は、しかしその顔は不安にくもっていた。

大事なひとりっ子の英俊が、本社の管理課長として、何ともまずいことをやったからである。

「――遅いわね」

と、信江が時計を見上げる。

もう夜中の十二時を回っていた。居間のドアが開いて、

「武藤様がおみえです」

お手伝いの黒木のぞみが丸い顔を出した。

すぐに、副社長の武藤が入って来る。

「遅くなりまして。――なかなか販売店会の会合から抜けられませんで」

と、ハンカチで額を拭く。

「お飲物でも」

と、のぞみが訊くと、

「ああ、それじゃコーヒーをもらおう」

と、武藤は言った。「無理に飲まされるので、かなわんです」

片岡弥介は、一人がけのアームチェアに座り直して、

「まだ、連中はニュースを見とらんな?」

「販売店のおやじさんたちですか？　ええ、まだドンチャン騒ぎをやってますから」

と、武藤は言った。「しかし、明日には当然耳に入るでしょう」

ゴルフ焼けした武藤は、タイプとしては弥介に似ているが、もっとビジネスマンらしく切れる感じである。銀ぶちのメガネを直して、

「ともかく、新聞やワイドショウのネタになることは避けられません。それを呑み込んだ上で対策を」

「うちがスポンサーになっている所もあるぞ」

「はい。しかし、あの札束はまずかったです。欠陥だけなら、ともかくどこかの現場に責任を押し付けて片付けられますが」

「全く、とんでもないことをやってくれたもんだ」

と、弥介は息子の方をにらんだ。

「僕は……ともかく金を握らそうと思ったんだよ。そうすりゃ、後で『金を受け取った』って言えるだろ」

「分ってる。やるならうまくやれ！　あんなみっともない、ぶざまな所を見せおって」

「仕方ないわよ、あなた。英俊だって、よかれと思って――」

「お前は黙ってろ」

弥介の言葉に、信江はムッとした様子で唇をキュッと結んだ。

「――渡しに行ったのは、誰だった？」

「成瀬です。成瀬広志。係長です」

「ああ、そんな名だったな。――どうして自分で行かなかった？」

「僕が行っても良かったけど、名前が出ると……。お父さんのこと、知ってる人間もいるかもしれないと思って」

「そうよ。却って大変なことになったわ」

「ただ、僕が言っとかなかったんだ。成瀬に、あの金のことを。包みを渡して、これを持ってけって言っただけで」

「運が悪かったのよ」

と、信江は息子の方へ、慰めるような視線を向けた。

「――失礼いたします」

黒木のぞみがコーヒーをいれて来た。

「や、悪いね」

武藤は微笑んで、「遅くまで、大変だね」

「いえ……」

のぞみが照れて赤くなる。

「のぞみちゃん、もうやすんでいいわ」

と、信江が言った。

「はい。おやすみなさい」

のぞみが一礼して出て行く。

「――いい子ですな」

武藤はコーヒーにクリームと砂糖を入れ、ゆっくりとスプーンでかき回した。「問題は、遺族をどうなだめるか。それからマスコミが騒ぐのを、どうやって最小限に抑えるかです」

「いい知恵はあるか」

「心配なのは、不買運動です。今は何かというとすぐ、そういう運動を起しますからね」

「そうだな」

「販売店も、どこのメーカーのものも扱っていますからね。わざわざ評判の悪いメーカーをすすめる必要はない。――もしそうなると厄介です」

武藤の言い方は淡々としている。

「防ぐんだ。何としても」

「しかし、そのために焦って何かやっても、逆効果になる恐れもあります。慎重にやりませんと」

「遺族とは金で話をつけるしかあるまい」

「訴訟になるでしょう。向うは態度を硬化させているでしょうから。――どうしたものですかな」

武藤はゆっくりとコーヒーを飲んだ。

「辞任はせんぞ」

と、弥介は言った。「やりかけの仕事が山ほどある。あんな事故一つで、辞められるか！」

「梅崎を何とかしないと」

と、英俊が言った。「あいつ、言うことを聞かない」

「どこかへ飛ばせばいいじゃないの」

と、信江が口を挟んだ。「それこそ中近東とか東南アジアとか。いくらでもあるでしょう」

「梅崎を飛ばすのは危いです。技術系の連中には慕われていますから。それに、梅崎は、それくらいなら辞めてしまうでしょう。辞められたら、何をしゃべられても止められません」

「でも……」

「まあ待て」

と、弥介は遮って、「武藤。お前の考えは?」

「まず、マスコミを通じて、お詫びの記者会見を。社長に出ていただくしかありません」

と、武藤は言った。「その反応を見て、次の手を打つ必要があります。——被害者の家を、よく調べさせて、問題を見付けます」

「問題?」

「夫婦仲が悪いとか、亭主が浮気しているとか、何かないはずはありませんよ。——そして、万一、マスコミの追及が止まなければ……」

「どうする?」

武藤はコーヒーを飲み干すと、

「日本人は、誰か犠牲者が出れば、非難しにくくなります。これは国民性というものですから、そこを利用するのです」

「犠牲者って……こっちの側にってこと?」

「はい、奥様」

「でも——」

「大きな不祥事があると、たいてい中間管理職が自殺します。そうすると、何となく非難の矛先が鈍るものです」

——片岡弥介は、ちょっとの間、武藤を呆れたように眺めていたが、

「うん。それは確かだ」

と、肯く。

「でも、あなた——」

「まあ待て。そこまでやるかどうかはともかく、その候補者を選んでおくのは悪くない」

「おっしゃる通りです」

武藤は微笑んで、「誰にしますかね」

と、ソファにゆったりと座り直したのだった。

3　受難

「毎度ありがとうございます。〈Sクリーニング〉でございます」

と、平田敬（ひらたたかし）はインタホンに向って言った。

「あら」

と、意外そうな声が返って来て、「どうぞ上って」

「はい」

平田は〈Sクリーニング〉の名前の入った、大きな布袋をかついでいた。店では、からかって、

「サンタクロース」

と、呼ばれている。

マンションのロビーは静かである。上でボタンを押してくれると、オートロックの扉がスルスルと開く。

平田は中へ入って、エレベーターで五階へ上った。――今日の袋はことさらふくれ上って重い。いつも週に二回、このマンションへ回ってくるのだが、前回、休んでしまっ

ていたのだ。

こういう高級マンションは、クリーニングの外回りといえども、ちゃんとネクタイをしめていなくてはならない。受付の管理人から、

「うちの品位に係るからね」

と、言われている。

初めは「背広上下」とまで言われていたのだが、それは却って「何者か分らない」という居住者の苦情があって、ブレザー風の制服で良いということになった。

平田は、毎回何点も出してくれる、このマンション一番のお得意の部屋へやって来た。どこよりもここを先に訪れないと、ご機嫌をそこねるのである。

玄関のドアをノックしようとしたら、向うから開いたので、びっくりした。

「あ、どうも」

と、平田は会釈した。「先週は申しわけございませんでした。急な用で伺えなかったので……」

「入って。ね、急がないんでしょ?」

話し好きの奥さんは、いつもなら玄関先ですませるのに、しきりに平田へ上って行けとすすめた。

本当なら、そんな暇はない。しかし、この奥さんを怒らせると怖いということを、平

田はよく知っていた。

「――さ、どうぞ」

コーヒーなど出してもらって、平田は何だか落ちつかなかった。

「あの、お構いなく」

「見たわよ、TVで」

と、その奥さんが言って、謎はとけた。

「いや、どうも……。家内の母なんです、亡くなったのは」

妻、充子の母で、同居していた副田ユキがK電機の洗濯機で感電死した。姓が違うから、普通なら分るまいが、あいにく平田と妻がTVのニュースにうつってしまったのだ。

しかし、ほんの一瞬だったのに。平田はため息をついた。

「大変だったわね」

と、奥さんは同情するような口をきいたが、「それにしても、ふざけてるわね。札束をあんな菓子箱へ入れて、持って来たりして!」

「はあ……」

この話を知っていたのは、もうここで三軒目だが、これまでの二軒は、玄関での立ち話ですんだ。

しかし、今度はそういうわけにいくまい。

「TVを見ててね、びっくりしちゃった。どこかで見た人だと思ったら、あなたじゃないの!」

「いや、どうも……」

何と言ったものやら。「その後、色々ゴタゴタしていまして、それで前回お休みしてしまったんです。申しわけありません」

「そんなことといいのよ。それで――どうなって?」

「はあ……。今のところ何も」

「でも、あの会社から何か言って来たでしょ? 社長じきじきにお詫びに来るとか」

「いいえ。どうも裁判になりそうなので、どっちも、弁護士と相談している段階です」

「裁判! やっぱりね。そうよ、うんとふんだくってやりなさい」

「まあ……お金よりは先方がきちんと責任を認めてくれれば……」

「そうよね。本当に!」

と、大きく肯いて、「あの札束、いくらあったの?」

「さあ……。数えていません。向うのつかいが、あわてて拾って持って帰りましたから」

「でも、あれ、百万円の束でしょ? TVで見てても、五つや六つはあったもの。一千万くらいかしら」

「さあ、何とも……」

「でも、どうなの？」

と、奥さんは身をのり出して、「受け取ったんじゃないの？　誰にもしゃべらないから、本当のこと教えてよ」

平田は呆れた。芸能人の離婚の慰謝料の話でもしているみたいである。人一人、死んでいるのだ。

しかし、そんな様子を見せれば、きっと腹を立ててしまうだろう。

平田は、何とか平静を保って、

「とても、そんな気になれません。受け取ってしまえば、強いことも言えなくなりますし」

「あら、そうなの？　——ここのマンションの奥さんたちで話しててね、平田さん、きっとお金入ったんで、〈Sクリーニング〉をやめたのよ、って話してたのよ」

「さあ、よそへも回らなきゃ。——どうも、ごちそうになりまして」

平田は立ち上った。

これ以上いると、腹立ちを抑え切れなくなる自分が、怖かったのである。

——他の部屋でも、「ね、あのお金——」と、五、六回訊かれた。

平田は、マンションから大きくふくらんだ袋を引きずるようにして出たとき、何だか体が軽くなったような気がした。

車に袋を積む。

——平田敬は四十五歳。妻の充子は一つ下の四十四だ。

充子の母、副田ユキとは、至ってうまくやっていた。穏やかな、やさしい人で、その点では充子の方が少しきつい性格である。

暮にはよく三人で温泉に行ったりした。

平田と充子には子供がなかったので、充子の母の面倒をみても、そう負担というほどでもない。

リューマチの気味はあったが、元気で、長生きしそうで、それがまさか、あんなことで亡くなってしまうとは……。

平田は車を運転して、次の客の家へと向った。——途中、携帯電話が鳴り出し、あわてて車をわきへ寄せて停めた。

「——もしもし、平田です」

と、出ると、「——もしもし？」

向うが何も言わない。

たいていは仕事の連絡で、

「××さんの所で、ズボン、財布入れたまま出しちゃったって」

とか、

「○○さん、午後出かけるから、早く来てくれって」

といった用件である。

「──もしもし?」

「あなた……」

平田は面食らった。

「充子。どうしたんだ?」

よほどのことがない限り、この携帯電話へはかけるな、と言ってある。会社のものなのだから。

「ごめんなさい……」

充子は泣いているようだった。

「何かあったのか?」

「さっきね、あなたの叔父さんって人がみえて……」

「叔父さん? 誰だ、それ?」

「名前……平田伝吉(でんきち)とかいったわ」

平田は、記憶の中を隅々までかき回して、

「ああ、そういえば……。まだ生きてたのか。あの人、九州にいるんだと思ってた」

「上京して来たんですって、九州から」

「何の用で？」

「母にお線香をあげたいっておっしゃるの。お断りするわけにもいかないでしょ。そしたら、その後でペラペラしゃべり始めて――。結局、何十年か前に、あなたのお父さんに五百万円貸したままだっていうの。『それを返してくれ。大金がガッポリ入ったんだから、いいじゃろ』ですって」

平田は絶句した。平田の父はもう十年以上前に死んでいる。

「で、断ったんだろ？」

「もちろんよ！　お金なんて入ってないし、そんな昔の借金を返せとおっしゃられても困ります、って申し上げたの。そしたら……」

「――どうした」

「ケチだ、人でなしだ、とわめいて、叔父がこんなに困ってるのに、わずかの金も出せんのか、ですって」

「僕が帰ってから話すよ」

「さっき帰られたけど、ご近所がびっくりして……。みっともないったらなかったわ」

充子はため息をついた。「あなた、今日は早く帰れる？」

できるだけ早く帰る、と約束して、平田は電話を切った。

あのTVニュースを見て、どうしてだか気が付いたのだろう。何十年も会っていない甥だということに。

父の借金なんてでたらめに決っている。あの叔父の方こそ、親戚中から金を借りて踏み倒し、誰にも相手にされなくなっていたのだから。

平田は、車を出した。

――金か。

平田は、これから先、何が起るか見当もつかなかったが、ともかく重苦しい気分になることは避けられなかった……。

4　ふしぎなデート

「ただいま」

娘の美紀の声に、真知子は何かあったな、と察した。

「お帰り」

と、真知子は台所から、「今夜はビーフシチューよ」

「うん……」

真知子は一旦ガスの火を止めると、

「美紀」

と、娘を呼び止めた。「――どうしたの？」

「別に」

と、肩をすくめる。

「別に、じゃないでしょ。分るわよ。――ね、一人で抱え込んでても仕方ないわ。しゃべってみて」

美紀は鞄を床へ投げ出すと、ソファに制服のブレザーのまま座り、

「お節介な奴ばっかり！」

と、やけになったように言った。

「お父さんのことね」

「TVにほんの二、三秒うつっただけで、どうして学校中が知ってるの？　もう、頭に来ちゃう！」

「落ちついて。時間がたてば、みんな忘れるわ。今は特にみんな忘れるのも早いから」

「うん……」

美紀は、ふと思い付いたように、「お母さんも何かあったの？」

真知子は微笑んで、

「町会の役員をやめてくれと言われたわ」

「お父さんのことで？」

「そう。――今、あのことでK電機の製品の不買運動を起そうって動きがあるんですって。そうなると、今の町会長さんは消費者団体の幹事やってる人だから、お母さんが役員にいるとうまくないって……」

「ふざけてる！」

と、美紀は憤然として、「お父さんがあのお年寄り殺したわけじゃないじゃないの！」

「カッカしないの。他人のことはね、とかく言いたがるものなのよ」

「それにしたって――」

「お母さん、役員の仕事しなくてすむから助かったわ」

と、真知子は笑って言ってから、「――それより、心配なのはお父さんのこと」

美紀は肯いて、

「ここんとこ、遅いね」

「よく飲んで帰るわ。お酒の量が前よりふえてる」

真知子はポンと膝を叩いて、「さ、くよくよしないで。お腹空かしとくのよ、いい？」

「ご飯、三杯は食べてやる」

と、美紀は宣言した。

美紀は自分の部屋へ入ったが……。

母との話で大分気は楽になったものの、本当はもっと大きな不安があった。

お母さんにも言えない。――言いたくないことだった。


お休みといえば、やはり買物。

そう高給取りというわけでもない黒木のぞみだって、やはり買物は好きなのである。

片岡家のお手伝いをして、もらう給料はまずまず。――でも、働く時間が長い割には多いとは言えない。

けれども、一人で東京へ出て来ている身としては、妙な商売をして稼いでも、ヤクザなんかに目をつけられるのは怖い。

その点、お手伝いなら衣裳代もかからないし、食事は食べられるし、休みが少ないから、そうお金を使わなくてすむ。

いいお天気で、十月の空は都会とは思えないくらい高く、田舎の空を思い出させた。

ブラブラとショーウインドウを眺めて歩く。——何万円、何十万円というバッグやスーツ。

むろん、眺めるだけである。

そんな物、無理して買っても、似合いっこない。

ちょっと洒落(しゃれ)たショルダーバッグ、と見れば、七万円！　——目を丸くしていると、

「買ってあげようか」

と、声がした。「その代り、ちょっと付き合ってくれるか？」

とんでもない、とキッとにらんでやると——。

「あ！　武藤さん」

「やあ、珍しいね」

と、銀ブチメガネの副社長は言って、笑った。

「びっくりした！　変なおじさんかと思いました」

「今日はお休み？」

「ええ。ウインドウショッピングってやつです」

「いいじゃないか。いつも世話になってる。付き合わなくてもいいから、買ってあげよう」

「え？　──だめですよ！」

呆気にとられるのぞみが止めるより早く、武藤はさっさと店へ入って、そのショルダーバッグをカードで買ってしまった。

「──これでいいんだね？」

「はあ……。でも……」

「気にするな。お歳暮みたいなもんだ」

と、武藤はのぞみの肩を叩いて、「ところで──昼飯でも、どうだね？」

「もう夕方ですよ」

「じゃ、夕飯だ」

「でも──」

「心配するな。下心はない」

「──はい」

のぞみも、一回ぐらいはいいだろう、と思った。

武藤は、のぞみをビルの地下のレストランへ連れて行った。

「お仕事、いいんですか？」

と、のぞみは落ちつかなくてキョロキョロしながら言った。

「いいんだ。普段、人の倍以上働いてる」

二人はシャンパンで乾杯した。

のぞみにとっては、初めての世界である。

「——社長に黙ってるんだよ」

と、食事しながら武藤は言った。

「もちろん！　叱られちゃいます」

「ま、あの人も、他人にとやかく言える身じゃないが」

と、武藤が言った。

「どうして？」

ワインも飲んで、のぞみはいささか気やすくなっていた。

「今日は午後から健康診断だよ」

「病院ですか？」

「若返りのね。——井上万里子（いのうえまりこ）って知ってるか？」

「いいえ」

「社長の『彼女』だ」

のぞみは食事の手を止めた。

「――どうした？　いないとは思ってなかったろ？」

「でも……そんなご様子……」

「うまくやってる。奥さんが怖いからね」

と、武藤はニヤリと笑った。

「その人……若い人ですか」

「二十……七、八かな。以前、社にいたからね」

「へえ……」

のぞみも、そういう話は大好きである！

のぞみは、フルコースの料理をペロリと平らげ、武藤がもて余して残した分も、

「もったいない！」

と、全部食べてしまった。

「若いね」

と、武藤は舌を巻いた様子で、「なあ、のぞみ君」

「はい？」

「今の給料に、プラス十万円、稼ぐ気、ないか」

のぞみが顔をこわばらせた。

「やっぱり！　私に愛人になれって――」

「大きな声出すなよ」

と、あわてて、「そんなことじゃない！　君を恋人にしたら、十万じゃすまんよ」

「そうですか？」

この辺が正直である。

「君にやってほしいことがある」

「何でしょう？」

武藤が答える前に、ルルル、と音がした。

携帯電話を取り出すと、

「武藤だ。――うん。――そうか。始まったな。――放っておけ。いいんだ。――ああ」

電話を切ると、武藤は言った。

「K電機の本社前に、抗議のデモが来たそうだ」

「行かなくていいんですか？」

「行って何をするんだ？　社長の代りに詫びるのか？　ごめんだね」

武藤は、ウェイターを呼んで、コーヒーを注文した。

のぞみは、自分が夢でも見てるのかしら、と首をかしげるばかりだった。

5　呼び出し

ルルル。――ルルル。

少し甲高い電子音がして、井上万里子はハッと目を覚ました。

「お電話――。電話ですよ」

と、万里子は言って、ベッドから起き上った。「社長さん――」

薄暗い部屋の中、広いダブルベッドには万里子一人だった。

バスルームの方から音がしている。シャワーを浴びているのだろう。

井上万里子は急いでベッドから出ると、裸の体にガウンをまといながら、バスルームへと駆けて行った。

その間にも、携帯電話はやかましく叫んでいる。

「社長さん！」

バスルームのドアを開けて呼ぶと、

「何だ。起きたのか。よく寝てるから、そっと帰ろうと――」

「電話が鳴ってます！」

と、大声を出して、やっと通じたようだ。

シャワーを止めると、片岡弥介は顔をしかめて、

「スイッチを切っとくんだったな」

と、言いながら、万里子の渡したバスローブをはおって、濡れた足跡をカーペットの上に残しながら寝室へ戻った。

万里子は、ホッと息をついた。急に起きたので、少しめまいがする。

低血圧の万里子は、起きるときも少しぐずぐずしながらでないと、時々貧血を起す。

――そもそも、井上万里子が、K電機工業の社長の愛人になったきっかけも、低血圧にあったのである。

「――そんなもの、構うな」

と、弥介が、電話しながら不機嫌そうに歩き回っている。

携帯電話を、せめてここには持って来てほしくないと万里子は思う。しかし、それが無理な望みであることも、よく分っていた。

「うるさい」とか、「いちいち下らんことで」とか文句を言いつつ、片岡弥介はこうして愛人宅まで電話で追われることが嫌いでない。

持って来なかったことも、スイッチを切ってあったことも、一度としてない。

「武藤は？　――そうか。仕方ないな。――その内引き上げる。――うん、そうだな。

もう少ししてから戻ろう。いや、連中が引き上げたら、もう一度かけてくれ」

弥介は電話を切ると、「やれやれ」

と、万里子を見て笑った。

「何かあったんですか」

万里子は、ソファに腰をおろした。

「つまらんことさ」

「あの件でしょ。欠陥品で亡くなったという……」

「忘れろ。ここでは話したくない」

「すみません」

万里子は、後悔した。分っていて、つい言ってしまった。

弥介が怒ると分っている点に触れること。それは一種のスリルであり、快感だった。

どこまで自分が許されるか、試しているのかもしれない、と思う。

「濡れたままで。お風邪を引きます」

万里子は立って、バスルームの方へ弥介を連れて行こうとして、フラッとよろけた。

「おい！　——大丈夫か？」

「すみません。いつもの立ちくらみですから」

「寝た寝た。俺のことを心配する前に、自分のことだ」

言われるまま、おとなしくベッドに戻る。

弥介は、万里子がこうしてめまいを起したりすると喜ぶ。まだ自分が頼られる存在だと思えるのだろう。

万里子がベッドに横になっていると、またバスルームからシャワーの音が聞こえてくる。

――あのときも、めまいを起してうずくまってしまったのだった。

もう二年余りも前になる。

K電機の広報に配属された万里子は、課長からなぜだか嫌われて、膨大な量の仕事を次から次へと回されてしまった。

意地っ張りな万里子は、頑張ってやり通したのだが、その日、夜十時過ぎに一人で残業していて、机に突っ伏したまま眠ってしまったのだ。

そして、電話の鳴る音で目を覚まし、急いで取ったのがいけなかった。それまでの三日間、ほとんど眠っていないせいもあって、急にめまいがして床にしゃがみ込んでしまった。

それきり動けずに、真青になって冷汗を浮かべていた万里子を、目に止めて、

「どうしたんだ」

と、やって来たのは、何と社長だったのである。

片岡弥介は、外での会食の後、社に忘れ物を取りに戻って来ていたのだった。

困惑はしたが、万里子も相手がアメリカの大統領だって構わない、ともかく支えてもらって、どこかで横にならないとどうにもならなかった。

それが——結局、こんなことにまでなってしまった。

愛人。自分がそんな立場になることがあろうとは、思ってもいなかった。

しかし、万里子は今でも仕事はしていた。フリーのライターとして、定期的にではないが、雑誌に記事も書いている。

むろん、その収入ではこんなマンションに住むことはできないが、この部屋の家賃以外には、ほとんど弥介から出してもらうことはない。——わがままな人ではあるが、万里子は弥介を好きだし、社長というポストが様々なストレスになることも分っていて、自分がそれを少しでも和らげることができたら嬉しいと思っている。

弥介は今どき珍しい「ワンマン社長」で、おかしいくらい、絵にかいたようなわがままを言うかと思うと、骨惜しみせずに人の面倒をみたりする。

万里子にとって、この暮しは一時的なものに違いないが、しかし自分から弥介と別れる気持にもなれずにいるのだった……。

「——さっぱりした」

と、弥介がバスタオルを腰に巻いて出て来た。

「のぼせると、お体に悪いですよ」

「自分こそ、もう大丈夫か」

「ええ」

万里子は起き上って、「ちゃんと髪を乾かして下さいね」

と、ベッドから出る。

弥介に、来たときと全く同じように身仕度をさせて、帰さなくてはならない。

「今、ふっと思い出したが……」

と、弥介が言った。「管理の成瀬を知ってたな、お前？」

「成瀬係長ですか？　ええ。新人のとき、下につきました」

新入社員は、入ってから三か月、それぞれベテラン社員の下について「研修」をする。それが成瀬だったのである。

「成瀬さん、大変でしたね」

と、万里子は言いながら、タオルで弥介の髪を拭いてやる。

「仲良くやってたか」

「え？　――ああ、もちろん。だって、ああいう人ですし、出世とは縁がないかもしれませんけど、やさしい人です」

と、万里子は言った。「どうしてですか？」

「うん……。いや、何でもない」

「珍しい。社長さんの方からお仕事の話なんて」

と、万里子はからかった。「――さ、椅子にかけて下さい。ドライヤーで乾かします」

きちんと髪を整え、服を着せて、万里子はまるで役者のメイクや衣裳の担当のようだった。

「――これで大丈夫ですね」

と、弥介の周りをグルッと回って、「もう出られますか?」

「連絡が来る」

と、弥介が言ったとたん、携帯電話が鳴り出した。「噂をすれば、だな」

笑って、電話を手に取る。

「――ああ、俺だ。もう連中は引き上げたか。――何だと?」

弥介の表情が厳しいものになった。そして、万里子の方へ、

「TVをつけてくれ」

と言った。

万里子が急いでリモコンを取り、TVをつける。チャンネルを変えていくと、

「――そこだ」

TVに、万里子にも見憶えのある、K電機工業のビルがうつっていた。

その前でインタビューにこたえているのは――。

「梅崎さんですね、工場の」

「あいつめ！」

と、弥介がＴＶをにらみつけた。

「――確かに、私どものミスです。言いわけはできません」

と、梅崎は深刻な表情で言っていた。「社の上層部では認めないと思いますが、私は製造部門の責任者として、お話しするべきだと思ったんです」

「具体的なミスの詳細については？」

「品物を拝見したいと思いますが、ともかく、設計の際の指定と違う材質の部品が使われたことは確かです」

「すると――」

と、インタビューしているリポーターはわざと一呼吸置いて、「その同型の洗濯機、すべてに同じ事故を起す危険がある、ということですか？」

「おっしゃる通りです。私があえてお話しするのも、その点を心配したからです」

「しかし、あなたの社内での立場は……」

「むろん、勤めていることはできないでしょう。しかし、あの型の製品を一刻も早く回収しないと……」

「ありがとうございました！　――梅崎さんの勇気ある発言は、K電機の対応に鋭い刃を突きつけるものだと思います！　K電機本社前から、谷口がお伝えしました」

――万里子は、弥介が、顔を怒りに紅潮させているのを見た。

「落ちついて下さい。お体に障りますさわ」

弥介は、大きく息をついて、電話を持ち直すと、

「今日は社へ戻らん。――ああ、そうだ。――武藤にも連絡して、今夜、うちへ来いと言っとけ」

と言って、切ってしまった。

「社長さん……」

「裏切り者め！」

弥介はベッドにドサッと腰をおろした。

万里子には、梅崎の辛さもよく分る。何十年もK電機で働いて来た。製品回収こそ最善の方法と信じたのだろう。

しかし、弥介の目にはそれが「裏切り」としか映らない。その頭の古さを笑うことは易しいが……。

「落ちついて下さいな。――ね？」

と、ベッドに並んで座ると、万里子は弥介の肩に手をかけた。

弥介が急に万里子をベッドへ押し倒した。

「社長——。だめです！　——お体に……」

逆らうことはできなかった。逆らえば、弥介はもっとカッとなるだろう。

万里子は諦めて、弥介の手がガウンを開いていくのに任せた。

6　夜の電話

「何とかしろ！」

ヒステリックな声が会議室に響き渡った。

——誰も口を開かない。

ただ、片岡英俊一人が息を弾ませて、みんなの顔をにらんでいるのだった。

「成瀬」

と、英俊は言った。「お前の考えは？」

成瀬はさっきから胃の辺りが小さな針で刺されるように痛んでいた。

——以前、血を吐いて倒れたとき、こんな風になった。

重苦しさは、アルコールでも払いのけることができなかった。

「はあ……。誠に困った事態で」

と、成瀬は言った。

「困ったことぐらい分ってる！」

と、英俊はかみつきそうな声を出した。「お前がドジをやったんだぞ！　分ってるのか！」

　成瀬の顔が赤らんだ。――言いたいことは山ほどある。しかし、何を言っても、今は怒鳴られるだけだとも分っていた。

「申しわけありません」

　と、成瀬は言った。

　管理課の全員が集められて、もう二時間も黙って座っている。五時の終業のチャイムはとっくに鳴っていたが、誰も席を立てなかった。

　とても、

「帰っていいでしょうか」

　と言い出せる雰囲気ではない。

「謝っただけじゃ何の役にも立たんだろ。何か手を考えろ！」

　と、英俊が怒鳴る。

　そこへ――ドアが開いて、

「おや、会議中ですか」

　と、武藤が入って来た。

「武藤さん、どこへ行ってたんです」

　と、英俊が渋い顔で、「親父もいないし、あんたまで――」

「私にも、個人的な用がありまして」

と、武藤はおっとりと微笑んだ。「もう六時ですよ。女の子は帰してあげなさい」

英俊はムッとした様子だったが、武藤が続けて、

「各自、このピンチを切り抜けるうまい手を明日までに考えてくること、という宿題を出しておけばいい。ここで座っていても、何か出るとは思えませんな」

会議室の中にホッとした空気が流れる。

「――分りました。じゃ、みんな、今の話、聞いたな」

英俊は手を振って、「今日はこれで解散」

みんな逃げ出すように出て行く。

成瀬は、ゆっくりと最後に出ようとした。

「――成瀬君」

と、武藤が呼び止め、「君、顔色が良くないぞ。前にも胃をやられて倒れたろう。気を付けろ」

「はあ。――ありがとうございます」

成瀬は頭を下げ、「お先に失礼します」

と、出て行った。

武藤と片岡英俊の二人が残った。

「――梅崎の奴！」

と、英俊がいまいましげに、「絞め殺してやりたい！」

「まあ、落ちついて」

と、武藤は椅子を一つ引いて座ると、「彼は彼なりの考えがあってやったことでしょう。ここで圧力をかければ、マスコミがまた喜んで食いついて来ます」

「だからといって――」

「まあ、あの製品の回収は避けられんでしょうな。そう売れたわけじゃないから、会社の痛手になるほどの損じゃありませんよ。ただ、問題は他の製品への影響です」

「親父は強気ですよ」

「消費者の力をあなどってはいけません。今は怖い時代です。何かあれば、たちまちインターネットなどで日本中へ広まる。いや、海外へも」

「武藤さん、いい方法でも？」

「きっと、みんなが何か考えて来てくれますよ」

武藤はおっとりと微笑んだ。

「おやすみ」

と、美紀が顔を出すと、「お母さん――」

のかもしれない。


「大丈夫。早く寝なさい」

と、真知子は肯いて見せた。

「うん……」

美紀は少しためらっていたが、自分の部屋へと姿を消した。

居間のソファに、帰って来たままの格好で酔い潰れている父親の姿を見たくなかったのかもしれない。

真知子は、夫のネクタイを外し、上着を苦労して脱がせた。

「――真知子」

と、成瀬が目を開けて言った。

「ああ、びっくりした！　――てっきり眠ってるんだと思ってた」

と、真知子は胸に手を当てた。

「酔っても、ちっともいい気分じゃない。頭が痛い。何か薬ないか？」

「バファリンなら……。少し前のよ」

「それをくれ」

起き上って、顔をしかめる。

真知子が台所へ行くと、居間で電話が鳴り出し、成瀬が取った。

「もしもし。――もしもし？」

向うは少し黙っていたが、やがて、

「恥ずかしくないのか」

と言った。「人殺しの会社に勤めて」

「何だと？」

「それでも日本人か。恥を知れ！」

「もういっぺん言ってみろ！」

と、成瀬は怒鳴ったが、もう切れてしまっていた。

「――あなた」

真知子が水を入れたコップを持って来て、「いたずらでしょ？」

「ああ……。こんな電話、他にもかかってるのか？」

と、成瀬が訊くと、

「毎晩だよ」

美紀が、居間の入り口に立っていた。「お母さん、気をつかってお父さんには黙ってるけど」

「美紀、もう寝なさい」

「――おやすみ」

美紀がいなくなると、

「慣れれば、大して気にもならないわ」

と、真知子はコップを夫へ渡した。「さ、これ、一錠ね」

成瀬は黙って頭痛薬をのんだ。

「――世の中、色んな人がいるわ」

と、真知子は言った。

「そうか……。何も知らなかった。ひと言、言ってくれりゃ――」

「その内、やめるわよ。心配しないで」

真知子は微笑んで、「すぐ寝る?」

「いや……。風呂、沸いてるか」

「もうぬるいわ。火をつけてくる」

真知子が出て行く。

成瀬は小テーブルの上の電話をじっと見つめていた。

多少酔っていたとしても、今の電話がそれを吹き飛ばしてしまった。

電話は今、沈黙している。しかし、いつまた鳴り出すか――。

成瀬は、何か考え込みながら、じっと電話から目を離さなかった……。

7　案

「どうも」

武藤が、いつもと少しも変らぬ冷静そのものの様子で現われた。

「ゆうべうちへ来いと――」

と言いかけ、片岡弥介は思い直した。

武藤を見ていると、ときどき苛立つことは確かだ。しかし、武藤は自分に足りないものを持っている。

「ゆうべはどうしても出られませんで」

と、武藤は、社長室のソファに腰をおろした。

「それはいい。――何とかしなきゃならんだろう」

「はあ。しかし、順序立てて考えましょう。問題は三つあります。一つは梅崎さんのこと」

「あんな裏切り者はクビだ！　決っとる」

武藤は何か言いかけて、やめた。

「いいでしょう。梅崎さんも、残るつもりはないでしょうしね」

「二つめは？」

「遺族への補償です。裁判になれば、絶対に不利ですよ」

「しかし、向うが示談に応じるまい」

「誠意を見せることは必要です。向うに断らせる。その方が利口ですよ」

「よし。――任せる」

「分りました」

弥介は、少しゆったりと座り直して、

「他には？」

と言った。

「もう一つ。これが不買運動などへ広まらないようにすることです」

「それは大変だぞ」

「承知です。とりあえず同型機種の回収を。代りに最新型の製品をやっておくんです。人間、それだけで違います」

「うむ……」

ケチな弥介には、身を切られる思いだろう。

「その上で対策を。むろん、極秘です」

「どうする?」

武藤は、内ポケットから封筒を取り出して、

「見て下さい」

と言った。

弥介は中の数ページの書面を見た。

「――探偵社か」

「そうです」

弥介は、その報告書を読んで行った。

「平田……敬か。こいつだな、死んだ女の息子は」

「娘の旦那です。〈Sクリーニング〉にいて、外回りをしているんです」

「ふむ……」

「大変真面目な男のようで」

「――そうらしいな」

弥介は、それを投げ出して、「これじゃ、さっぱりつかめん」

「そうです。しかし、何かある人間はそれを利用できるし、ない人間もそれなりに……」

「それなり?」

「真面目人間ってことは、免疫がないということですから、何かエサを投げれば食いつきます」

「エサか」

「そこはうまくやります。真相が分るとそれこそ大変です」

「うむ……」

弥介は汗を拭いて、「どうするんだ」

「まず――」

と、武藤が言いかけたとき、社長室のドアをノックする音がした。

入って来たのは、成瀬だった。目が充血している。

「やあ、仕事中に悪いな」

と、武藤が気さくに声をかけた。「社長。――成瀬君です」

「ああ」

と、弥介がむっつりとした表情で肯く。

「英俊さんは成瀬君に八つ当りしていますが、どうして成瀬君は得がたい人材ですよ」

武藤がさりげなく言葉を添えてくれる。成瀬にとっては胸が熱くなるほど嬉しかった。

ことに、例の札束の一件では、何も知らずに英俊に言われた通りにしただけなのに、その責任を一人でしょい込むことになってしまった。

そのやり切れなさは、人に説明できるものではない。

「成瀬君に来てもらったのは」

と、武藤が言った。「――座れよ、突っ立ってないで」

「はあ」

「彼がなかなか面白いアイデアを持って来てくれたからです。――私の所へ直接持って来たのは、まあ本来の筋じゃありませんが、英俊さんには公平な判断が望めないというのも確かですからね」

弥介にとって、息子のことをこんな風に言われるのは面白くあるまいが、武藤の言葉には否定できないものがある。

「それで、何だというんだ？」

と、弥介は言った。

「――手紙を出します」

と、成瀬が、武藤に促されて言った。

「手紙？」

「たとえば、この平田という男にあてて、ラブレターを出す。それから平田の妻にあてて、夫が浮気しているという手紙を出す。逆も考えられます。亭主の方に、女房に男がいると知らせてやる。――他にもあります。今、不買運動を起そうとしている連中へ、平田がこっそりK電機のライバルの社から金をもらっているという手紙を出してやるんです」

弥介は、重苦しい顔で聞いていた。

武藤が付け加えて、

「それに、平田が特定の政党とつながりがある、という手紙を出すのもいい。——世間の人は政党絡みというと面倒がって避けようとしますからね」

「うん……。それは確かだ」

弥介は息をついて、「ま、あまり上等な手とは言えんが、やってみる価値はありそうだな」

「肝心なのは、どこから出したか、調べられても分らないようにすることです」

と、武藤は言った。「そのためには、何人かで手分けして、違う便箋、違う封筒にする。出す局の消印も、常に違うようにする。手書きとワープロを使い分ける、といったことも必要です」

「お前に任せる」

と、弥介は言った。「英俊の奴にゃ、そんな細かいことまで気が回るまい。ともかくうちの名前が出ないように、やってくれ」

「我々がやっていることは、当然向うだって分りますよ。ただ、証拠として使えないものにすることです」

　武藤は成瀬の方を向いて、「よし。早速、誰に何を書かせるか、考えよう。ペラペラしゃべられるようじゃ困る」

「私もむろん――」

「いや、君は避けた方がいい。真先に目をつけられるぞ」

「いえ、家内にやらせます」

「奥さんに？」

「家内は、文章が達者です。手紙をよく頼まれて書きますし、ペン字もできますが、ワープロも打ちます」

「よし、それじゃ差し当り平田敬という堅物あてのラブレターでも書いてもらうか」

と、武藤は笑って言った。

――社長室を出ると、武藤は、成瀬の肩を叩いて、

「俺は君を買ってるんだ。こんなことでやけになるな」

と言った。

「――はい」

　成瀬は頰を紅潮させた。「ただ……」

「英俊さんか。任せとけ。俺が話をする。――今日、昼飯を一緒に食べよう。人選を早

いとこやるんだ」

「はい……」

成瀬は、つい頭を下げていた。

武藤のことは、これまでほとんど口をきいたこともなかったし、頭は切れるが、冷たい男と思っていた。

その武藤が、これほど暖い言葉をかけてくれるとは思ってもいなかったのである。とんでもない損なくじを引き当てたと落ち込んでいた成瀬だったが、むしろこれがいいチャンスになるかもしれない、と思い始めていた。

——やるんだ。何としても、不買運動なんか、潰してやらなくては。

席へ戻ったとき、成瀬は別人のようにエネルギーが体に漲(みなぎ)ってくるのを感じていた……。

8　輝き

「ただいま」

平田敬は、玄関を入って言った。「――充子？」

上ってみて、戸惑った。

夜の十時に、妻が出かけているというのは、滅多にないことだった。

やれやれ……。

平田は、ネクタイを外してソファに放り投げると、台所へ行って、冷蔵庫のミネラルウォーターを出して飲んだ。

帰りに飲んでくることなど、ほとんどないのだが、今日は一人辞める者がいて、送別会だった。出ないわけにいかない。

二次会まで付き合って、その途中で抜けて来たのだが、アルコールにあまり強くない平田は、これでも頭痛がする。

ソファに引っくり返っていると、ウトウトしてしまいそうになった。

電話が鳴った。――充子かな。

起き上って、立って行く。

「――はい、平田です」

「あ、平田さんですか」

と、少し酔っていると分る男の声。「奥さん、もう帰られました?」

「はあ?　家内はちょっと――」

「や、まだですか。でも、大丈夫です。ちゃんとタクシーに乗って行かれましたから」

「あの……」

「そっちの方に住んでる奴が、しっかりお送りするはずです。ご心配なく」

「はあ」

「お邪魔しました!　どうもどうも」

「どうも」

わけが分らない内に切れてしまった。

何だ、今のは?

受話器を置いたとたん、玄関の方で、

「あなた?」

と、充子の声がした。

「ああ、お帰り。お前――」

「ごめんなさい！　今日、同窓会だったの、高校のときの」

と、充子は上って来て、バッグを投げ出すと、「ああ、苦しい！」

と、スカートのホックを外した。

「そんなこと言ってなかったじゃないか」

「あなた、送別会だって言ってたし、私の方が早いとばっかり思ってたから……。ごめんなさいね」

「いや、別にいいけど」

と、平田は笑って、「飲んでるのか？　珍しいな」

「何だかここんとこ、気が滅入って。つい、昔のお友だちとあれこれグチ言い合って、長くなっちゃった。――明日、二日酔だわ、きっと」

「水を持って来てやるよ」

平田はミネラルウォーターをグラスに入れて、充子に渡してやった。

「――ありがとう」

一気に飲んで息をつく。

「充子……。気が滅入って、って……何かあったのか、また？」

「え？　別に、そういうわけじゃ……」

と言いかけて、「お金のことで、あちこちから……」

「またあの叔父か?」

「いいえ。——通ってるカルチャースクールで、講習料の値上げの話があったの。月三千円を四千円に、って。三千円って、よそに比べても、とても安いのよ。それで、私は仕方ないだろうと思ってた。ところが、ずいぶん反対が出てね。中の一人が、『そりゃお宅は臨時収入もおありでよろしいでしょうけどね』って……」

充子はため息をついた。「何ももらっちゃいないのに。いちいち言い返すのも面倒で、何も言わなかったけど」

「放っとけ。世の中にゃ、色々な奴がいるんだ」

と、平田は言った。「さ、風呂にお湯を入れてくる。着替えろよ」

行きかけて、

「タクシーで帰って来たのか?」

「駅からね。どうして?」

「いや、別に……」

誰かが送って行ったとか言ってたが。——ま、そんなことはどうでもいい。

平田は、浴室へと欠伸(あくび)しながら歩いて行った。

「——美紀。もう寝ろ」

と、成瀬は言った。

「どうして？　お邪魔？」

美紀はＴＶを見ている。

「もう十二時だぞ」

「十二時に寝る子なんて、いないよ」

美紀は番組が終るとＴＶを消して、「部屋にいる。お邪魔しないよ」

「何言ってる」

と、成瀬は苦笑した。

「年ごろよ」

真知子は、コーヒーをいれて、「あなた、これ……」

「ああ」

と、カップを手にする。

「でも、あなた――。手紙なんか出して、どうするの」

「仕事だ。今のポストがかかってる。お前、時間あるだろ？」

「それはね……。でも、そんな手紙――」

「書くのは気が進まないだろう。分ってる。俺だってそうさ」

成瀬はコーヒーをゆっくりと飲んだ。「しかし……そうしなきゃ、俺もおしまいだ。

むしろ英俊さんは全部俺におっかぶせてしまう気でいる」

「武藤さんは分ってて下さるんでしょ」

「ああ、あの人は大した人だ」

と、成瀬は首を振って、「朝、そのプランを話し合って、昼休みに、もう社内の人間五人、選んで集めてるんだから。それも、よく選んだ、って感心するようなメンバーだ」

「切れる人なのね」

真知子の言い方には、やや皮肉めいたものが混っていたが、成瀬は気付かなかった。

「凄い人だよ。いつも冷静で、ことのプラスとマイナスをきちんと見きわめている」

と、すっかり感服している様子。

「じゃ、手分けして書くのね？」

「俺は字が下手（へた）だし、文章も書けない。お前がやってくれ。な？」

——正直、真知子は気が重い。

いくら夫の仕事のためとはいえ、家で内職するのとはわけが違う。人を陥れ（おとしい）ようというのだ。

しかし、成瀬の方は真知子が拒むとは思ってもいないようだ。

「ラブレターだ。面白いじゃないか。——これは平田敬って奴の資料だ」

成瀬は封筒をテーブルに置いた。「経歴、出身校、趣味、色々出てる。うまく何かにこじつけてやってくれ」

真知子は、その中身を出して眺めて行った。——平田敬。四十五歳。

写真があった。どうやって手に入れたものか。

いや、隠しどりしたのだろう。〈Sクリーニング〉という制服で、車に乗ろうとしているところだ。

実直そうな男性である。

家族は妻、一人だけ。——〈充子〉という名だった。四十四歳。真知子より一つ上である。

子供はない、ということだった。

「——色々出してみてくれ。な？」

と、成瀬は言った。「ここで武藤さんに気に入られたら、俺の人生も変るかもしれない。あの人は、どうしてだか、俺のことを買ってくれてるんだ」

夫の張り切っている様子を見ると、真知子もいやとは言えなかった。

このところ、酒量がふえ、ふさぎ込んでいることの多かった夫の、久しぶりに見る目の輝きだった。

もう——血を吐いて倒れるなんて、あんなひどいことにはしたくない。もう、二度と。

もう二度と……。

真知子は、もう一度平田の写真を見直した……。


チャイムが鳴った。

「――はい、どなた?」

井上万里子は、インタホンに出るのも大変な状況だった。

「武藤です」

意外な声だ。

「あら。――どうぞ」

インターロックを外して、急いで手を洗う。

武藤は、

「突然、申しわけない」

と、入って来て言った。

「いえ。上って下さい。――ごめんなさい、少し待って。今、ケーキを作っていたの」

「それで、この甘い匂いか!　いや、どうぞゆっくりやって下さい」

と、武藤は笑った。

「ごめんなさい。手が真白になるから。かけてらして」

万里子は、台所に戻ると、急いで卵白を泡立て始めた。

手早くやらなくては。間が空くと、台なしになってしまう。

――武藤がブラリとやって来て見物している。

「趣味で？」

「ええ。今、教室に通ってるのよ」

可愛いエプロンをつけた万里子は、ずいぶん若々しく見えた。

「あのころから、ちっとも変ってないようだな」

「何をおっしゃるの。もう二十八です」

と、万里子は笑って、「あ、そこの器、取って下さる？　そう、それ。――気を付けて。粉だらけになりますよ」

万里子は、手早く進めていく。

武藤は、じっと眺めていたが、

「社長とはどう？」

と言った。

「どう、って？　――今のところは続いてます。先のことは分らない」

万里子はクールに言った。「これ……持ってて下さる？」

「ああ。手伝おう」

と、武藤は上着を脱いで言った。

9　迷　い

「こりゃ旨(うま)い」

と、武藤は万里子の作ったケーキを一口食べて言った。「社長も幸せだな、こんなものが食べられて」

「はい、コーヒーを」

と、万里子は嬉しそうに、「社長さんにはもっとお砂糖やバターを少なくしますから、こんなにおいしくありませんわ」

「じゃ、これを味わえるのは僕だけか。いい気分だな」

と、武藤はニヤリと笑って、「――本当に他にいないのかい？」

と、さりげなく訊く。

「――え？」

万里子は自分も手製のケーキを食べ始めていたが、「どういうことですか？」

「社長以外に男はいないのかと思ってね」

万里子は唖然として、

「社長さんに調べて来いって言われたんですか?」

「まさか!　僕個人として訊いてるんだ」

「いなければ?　武藤さんが立候補なさるの?」

「そのつもりはない。僕は独占欲がつよくてね。——旨かった!　ごちそうさま」

万里子は当惑気味で、

「それならどうして……」

「食べながら聞いてくれ」

と、武藤はコーヒーを一口飲んで言った。「今の会社の欠陥品騒ぎ、聞いてるだろ?」

「ええ、もちろん」

「社長は昔気質(かたぎ)の人だ。それはいい点でもあるが、マイナスになることもある。今度のような出来事には、残念ながら慣れていない」

「大変なことになりそうなの?」

「まだそれほどじゃない。しかし、対応を間違えると、命とりにもなりかねない。社長はその辺のことをよく分ってないんだ」

万里子は肯いて、

「分るわ。そういう人ですもの」

「消費者がいかに簡単なことで離れていくか、その怖さを知らない。このままだと、K

電機全体の不買運動へ広がるかもしれない」

「まあ……」

「そこで、君も社長のために一肌脱いでくれないかと思ってね」

「私にできることがあるのなら……」

「ある」

と、武藤は肯いた。「君はフリーライター、今でもやってるんだろう?」

「ええ、もちろん」

「じゃ、今回の問題について、取材してほしいんだ」

「――待って下さい」

と、万里子は言った。「K電機の肩を持つ記事を書けとおっしゃるの? それはできないわ。片岡社長の力になりたいのは確かだけど、ライターとしての良心を裏切ることはできません」

「分ってる」

と、武藤は言った。「そうじゃない。取材するという名目で、平田敬という男に近付いてほしい」

万里子も、仕事柄、人の名はすぐに憶える。

「平田って、亡くなった方の――」

「うん、娘の亭主だ。クリーニング店に勤めている真面目な男でね。やはり何といっても被害者の家族の代表として、不買運動の先頭に立つことになるだろう」

万里子にも、武藤の言いたいことが分って来た。

「その人——平田って人を、誘惑しろとおっしゃるの」

「早く言えばそういうことだ」

武藤の言い方は事務的である。「しかし、現実にそこまで行く必要はない。多少とも付き合うようになれば、後は故意に噂を流したりすることで、何とでもなる」

「でも……」

「それでも抵抗はあるだろう。当然のことだ。だから、決して無理にとは言わないよ。しかし、今回の件で、社長は下手(へた)をすれば何年も寿命を縮めることになるかもしれない」

万里子にも、武藤の言い方が決してオーバーでないということは分っていた。片岡弥介は、そういう事態を我慢することに慣れていない。そのストレスは普通の人間の何倍にもなるだろう。そして、その結果は……。

「——平田という人に会ったとして、何と言うんですか?」

と、万里子は言った。

ラブレター……。

夫は簡単に言うが、真知子は便箋を前にして、もう三十分も書きあぐねている。

「無理だわ」

と、呟く。

いくら相手の経歴が分っているとしても、会ったこともない男にラブレターなど書けるものじゃない。

書いたところで、受け取った方が信用しないだろうし、気味悪がって捨ててしまうのがオチだ。

真知子は考え込んだ。

成瀬も、娘の美紀も先に寝てしまっている。――人に押し付けといて、呑気なもんだわ、といささか腹が立った。

でも、いやだと言えば……。

仕方ない。何か書かないわけにいかないだろう。

真知子は万年筆を手にした。ワープロで、こんな手紙を出すというのは妙だろう。

もう一度、平田敬の資料を眺める。

〈妻　充子。四十四歳〉

ふと、思った。――平田敬に、直接知らない女から手紙が来て不自然でない状況というものがあるとしたら……。

それも匿名で出すのだ。

平田の妻、充子に「恋人」がいるとしたら？　手紙を出した女の夫と、平田充子が恋人同士だとしたら。

ややこしいが、それなら見も知らぬ女から手紙が来ても、おかしくはない。

それが平田敬だけでなく、妻までも傷つけることは、真知子にもよく分っていた。気は重い。

しかし、一方で、平田の写真を見ながら、この人の奥さんってどんな人かしら、とも考えていた。

ふと、手が動いていた。

〈平田敬　様

突然お手紙を差し上げる失礼を、お許し下さい。

私は今、四十三になる、平凡な主婦です。夫と、娘一人と、幸福に暮しています。

いえ、幸福と信じて暮して参りました。

夫に、別の「女性」の影を見付けるまでは。

そんなことが自分に何の関係が、と思われるでしょう。私も、見も知らぬ貴方にこんな手紙を差し上げる理由など、ないはずなのです。

ただ一つ、夫の浮気相手が、貴方の奥様らしいということをのぞけば。〉

そこまで書いて、真知子は手を止めた。

まるで小説でも書くように楽しんでいる自分に気付いて、ギクリとする。

冗談でも何でもない。この手紙が、一組の夫婦を引き裂いてしまうかもしれないのだ。

真知子は、いきなり便箋をちぎり取ると、それをくしゃくしゃに丸めて屑(くず)かごへ投げた。

それは屑かごの端に当って外へ落ちた。

「――お母さん」

いつの間にか、美紀が起きて来て立っている。

「まだ起きてたの?」

「うん……。お母さん、何してるの?」

「ちょっと――手紙を書いてたのよ」

他に説明のしようがない。

美紀は、屑かごに入りそこねた手紙を拾ってちゃんと捨てると、

「お父さん、大丈夫?」

と訊いた。

「ええ。――大丈夫よ。副社長の武藤さんって方に気に入られたって、喜んでたわ」

「それならいいけど……」

「何を心配してるの？」

「私、今の学校に通っててていいかなあ」

真知子はびっくりして、

「何を言い出すの？」

「だって、私立は高いし、授業料」

「そんなこと……。余計な心配しないのよ」

と、真知子は言って、「美紀……。何かいやなことでもあったの？」

「逆よ」

「逆って？」

「好きな男の子ができた」

と言って、美紀がポッと赤くなる。「だから、ちょっと心配したの。——おやすみ！」

「おやすみ……」

真知子がそう言ったとき、もう美紀は自分の部屋へ戻ってしまっていた。

——美紀が恋を？

もちろん、十六歳なのだから、当然と言えば当然だが。

真知子はちょっと笑った。

「やってくれるわね」

手は万年筆を再び握っていたが……。

やるのなら——そうだ。どうしても、この目で平田充子を見なくては。

真知子は、明日、早速住所を頼りに平田の家を捜しに行こう、と決めたのだった……。

10　珍客

出勤途中の車の中で携帯電話が鳴り出し、武藤はすぐに出た。

「――もしもし、武藤さん？」

若い元気な声である。

「やあ、のぞみ君か」

片岡家のお手伝い、黒木のぞみである。

「ゆうべかけたのに、ずっと切ってあったでしょ」

「そりゃごめん」

「白状して下さい。女の人の所にいたのね？」

「おいおい」

と、武藤は笑って、「僕のことを調べてどうする」

「そうね。――あの、ゆうべ遅く、英俊さんがみえて」

「ほう」

「旦那様と話し込んでたんですよ。私、お茶出しながら、聞いちゃった」

「何の話だった？」

「例の洗濯機のこと。事故を起したのと同じ型のを回収して、新型と交換するって言ってたでしょ」

「うん。それが？」

「英俊さんが、そんな必要ない、って言い出して。『それこそ圧力に負けたことになって、また色々要求してくるよ。こっちはあくまで、使い方に原因があったと考えてる、って押し通しゃいいんだよ』って」

武藤は少し考えてから、

「それで社長は？」

と訊いた。

「初めは渋ってたけど、『強気の方が勝ちだよ』って英俊さんに言われて、『じゃ、お前に任せるから、うまくやれ』って。――いい加減よね」

武藤は少し黙っていた。

「もしもし？　武藤さん、聞こえてる？」

「しっ！　僕の名をあんまり大きな声で呼ばないで」

「あ、ごめんなさい」

「それだけかい？」

「工場の人、何てったっけ？」

「梅崎か」

「そうそう。その人のこと、『クビだ！』ってわめいてた」

「なるほど」

「ね、こんなことでいいの？」

「もちろん！　ありがとう」

「いいえ、どういたしまして」

「ちゃんとお金は君の口座へ入れとくからね」

武藤は電話を切ると、

「馬鹿め」

と呟いた。

人は、偉くなると、周囲に苦言を呈してくれる人間を置きたがらなくなる。何にでも、

「ごもっとも」

と言ってくれる人間ばかり、残ることになる。

それは組織の活力を確実に失わせていくのだ。

片岡弥介も、生来ケチな人間なので、息子の言葉が、いかにも耳当り良く響いたのだろう。

これで事態は逆戻りだ。――武藤は、しかし大して気にする様子もなく、朝のニュースに耳を傾けたのだった。

「平田さん、お電話」

と、営業の事務をやってくれる女の子が声をかけたとき、もう平田は出かけるところだった。

急いで受話器を取ると、

「平田さん？　米倉ですが」

「あ、どうも」

米倉は、K電機への抗議の事実上のまとめ役をしている、消費者団体の幹部である。

「聞きましたか、ニュース？」

「いえ、朝から忙しくて……」

「K電機が、製品回収はしない、と会見で表明しましたよ。消費者から苦情があったら個々に考える、というんです」

「そうですか」

「しかも、明らかに欠陥品でも、新製品と無料で交換することはしない、と。それまで使ってたんだから、と言うんです。製品はちゃんと買ってもらう、とこうですからね！

洗濯物が多くて、一日置きに戻ったのだ。

　しかし、米倉と違って、平田には仕事がある。今も、外回りの途中、あまり預かった

　平田にも、米倉が言うことの重大な意味はよく分っていた。

「はあ……」

呆れたもんです」

　この後回る家は、いつもより遅い時間になってしまう。

「いよいよ不買運動ですよ、これは」

「はい」

「頑張りましょう！　必ずK電機に頭を下げさせてやりますよ！」

　米倉は張り切っている。――その気持も分らなくはないが、正直、今の平田は早く車へ戻りたかった。

「あの、米倉さん――」

「具体的にはですね、こう考えたんです。メモしてもらえますか？」

「あ……。あの、申しわけないんですが、仕事が今忙しくて。後でお電話しますので」

「そうですか。じゃ、まあ……」

「すみません、後で」

　平田はあわてて店を飛び出して車に乗った。

そして――びっくりした。

車の助手席に、若い女性が座っていたのである。

「あなた……誰です？」

「初めまして」

と、女は微笑んで、「平田敬さんですね」

「ええ。しかし――」

「お忙しいでしょうから、走りながらお話ししません？」

平田は呆気に取られていたが、ともかく急がなくては、と思い付くと、車をスタートさせた。

見も知らぬ女が勝手に車に乗っているというのは、奇妙な状況ではあったが、いかにも頭の切れそうな、それでいて感じのいい笑顔は、平田を怒る気にさせなかった。

「――私、フリーライターの井上万里子と申します」

と、大きなバッグから女性誌を一冊取り出し、「このページ、私のまとめたものです。顔写真も出てるでしょ」

赤信号で車を停め、平田はチラッとその記事のページを見た。

「なるほど。それで、どうしてこの車の中に――」

「無断でいけないとは思ったんですけど」

と、井上万里子は言った。「お宅へ伺っても、会って下さらないだろうと思って」

「義母（はは）とK電機の件ですね？　それなら——」

「米倉さんという方へ、でしょ？」

「どうしてそれを？」

「ライター仲間同士、色々情報の交換をするんですわ」

「なるほど」

ライターか。いかにも、動きやすいスタイルとスポーツシューズ。嘘ではないのだろう。

「分ってりゃ、そうして下さい」

と、平田は言った。

少し急ごう。——スピードを上げる。

「私、あなたのお話をうかがいたいんです」

と、万里子は言った。「ああいう団体の方のお話って、ちっとも面白くないんですもの。話してる方の顔が見えないんです。あくまで〈団体代表〉ですからね」

チラッと女の方を見たのは、平田自身、そう感じて、少しついていけない気持になることもあったからである。

さっきも米倉は、話の腰を折られてムッとしていた。

向うにしてみれば、「せっかくあなたのためにやっているのに」ということだろう。しかし、どんな大切な運動でも、勤めている人間にとっては、まず仕事を優先してやってしまわなければ……。

「これからどちらへ？」

と、万里子が訊く。

「仕事ですからね。お客様のお宅を回って、洗濯物を集めてくるんです」

と、平田は車を走らせながら、「一軒一軒次から次です。お話ししてる暇はないと思いますけどね」

「結構です」

「は？」

「インタビューするには、まず相手を知る。それが私のモットーで。お仕事、できることがあればお手伝いしますすよ」

「その必要はありません。車を降りて下さいよ」

「できません」

「どうして？」

「私はこれが仕事です。降ろされたら、一行も書けません」

平田は笑ってしまった。

何となく憎めない女である。

「じゃ、ついて来て下さい」

車を一軒の家の前に停めると、平田は素早く車を降りた。

「ありがとう！」

井上万里子は、張り切って平田の後について行った。

11 偶然

「お客様の平田様。平田みつ子様——」

アナウンスで自分の名前が呼ばれるというのは、妙な気分だ。

充子は、そのティールームで紅茶を飲みながら、店に置いてある女性週刊誌を読んでいるところだった。

このビルは、全体が大きなスーパーで、今は郊外の駅前にたいがいこんなビルが建っている。

便利ではある。そこで、ほとんど何でも必要な物は揃うのだから。

しかし、一方で、「遠出する口実」を失うというマイナスも、主婦たちにとってはあったのである。

いつだったか、充子がそう夫に言ったら、平田は、

「外出するのに、口実がいると思ってる内はまだいいよ」

と言ったものだ。

充子はふき出してしまった。確かに当っているかもしれない。

充子が、そういう点、多少遠出するのにひけめを覚えているとしたら、母が生きていたころからの習慣のようなものだろう。

やはり、元気とはいえ、あまり長く留守にするのは気が咎めた。その母も、今は亡い。この間、同窓会で帰宅が夜の十時を過ぎたとき、充子は実はドキドキしながら帰って来たのだった。平田が何と言うか。怒られるかもしれない、と……。

「俺が疲れて帰って来てるのに、何だ！　遊び歩いてたのか！」

夫が、そんなことを言う人でないことはよく知っていながら、そう想像してびくびくしていた。

しかし、やっぱり夫は怒らなかった。文句一つ言わなかった。充子はホッとして、同時に少しがっかりもした……。

同窓会は八時半ごろには終っていた。充子は、誘われるままに、二次会へ行き、遅くなったのだ。

でも——凄かったわ、みんな。

二次会で帰る女の方が少ないくらいだった。帰る人でも、

「主人がうるさいから」

というのは一人もなくて、

「遠いから、バスがなくなっちゃう」

という女性ばかり。

充子も、他に帰る人がいなかったら、言い出しにくくて、もっと付き合っていたかもしれない。

「平田みつ子様。いらっしゃいましたら……」

え？

「平田みつ子様。いらっしゃいましたら、一階インフォメーションまでご連絡下さい」

〈平田みつ子〉って、私と同じ名だわ。

——私のこと？

「まさか」

今日、ここへ来ていることは誰も知らないはずだ。大方、同姓同名の別の人だろう。

充子は、週刊誌に目を戻したが——。

立ち上って、レジの方へ行くと、

「今、アナウンスしてたの、もしかしたら私のことかもしれないんですけど……」

いささか気がひけて、おずおずと言った。

「お待ち下さい」

レジの女性がインフォメーションへ電話してくれた。

「——どうぞ」

と、受話器を渡され、

「もしもし」

「平田充子様ですか。お待ち合せの方が、こちらにおいでです」

お待ち合せ？　じゃ、やっぱり別の人なんだ。

「あの、私じゃないと――」

「もしもし？」

と、男の声が出た。「副田さん？」

「え？」

旧姓を呼ばれてびっくりする。「あの――」

「やっぱりそうか。僕、前川だよ」

「あ！　前川さん？　どうして、でも……」

「ごめんごめん。びっくりしただろ」

と、相手は笑って、「さっき、チラッとエスカレーターに乗ってる君の姿を見かけてね。確かに君だと思ったんだけど、自信がなくてさ。それで思い付いて、呼び出してもらったんだ」

「まあ、呆れた」

充子は笑って、「じゃあ……今、この中にいるのね」

「うん。一階のインフォメーションの前」

「そうか。じゃ、上って来て。——え？　ああ、ここはね、六階。〈F〉っていうティールーム」

「分った。これから行くよ」

充子は、電話を切って、

「ありがとう」

と、レジの女性に礼を言って、席へ戻った。

前川。——先日の同窓会で、何十年ぶりかに会った旧友である。

「あ、そうか」

思い出した。このスーパーに品物を納入していて、よく回ってるんだと言っていた。

前川は、すぐにやって来た。背広姿の旧友は、同窓会のときとまた違った印象である。

「びっくりさせてごめん」

と、前川は椅子にかけて、言った。

「仕事中じゃないの？」

「うん。だけど、どうせいつも少しお茶でも飲んでくのさ」

前川は明るく言って、「いや、偶然だな。確かこの近所だって言ってたな、と思い出してね。——ああ、レモンティー」

――注文する拍子に、男の横顔が真知子にも見えた。

肝臓を悪くしているのかもしれない。顔色が、少しそんな風に見える。

前川、と言っていたか。

真知子は、手帳を取り出すと、〈前川〉という名をメモした。

そして、手帳を一旦バッグへしまいかけたが、思い直して、〈顔色不健康。調子はいいが、信用できないタイプ〉と書き込んだ。

「――そうね。この間は楽しかった」

と、充子の言っているのが聞こえた。「何時までやってたの?」

「三次会で、一応解散してね。その後はめいめい、勝手に。僕は十二時過ぎまで付き合ったよ」

「まあ、凄い」

と、充子が笑った。

――真知子は、平田充子の笑うところを初めて見た。

平田充子を見たい。

その思いで、何とか家を捜し当て、中の様子を見ていると、充子が外出したのである。

バスに乗って、このスーパーへ。

真知子は、同じバスに乗り、ここまでずっと充子を尾けて来た。

二時間近く、彼女のそばにいる。――このティールームでも、充子は特に急ぐでもなく、のんびりと週刊誌をめくっていたので、真知子はもう帰ろうかと思った。

平田の所は子供がない。急いで帰ることもないのだろう。

しかし、真知子は、夕食の用意をしなくてはならないのだ。美紀が帰ってくる。

充分に、平田充子の姿や印象はつかんだ。もう帰ろう、と立ちかけたとき、あの場内アナウンスが〈平田みつ子様――〉と、呼んだのだった。

あの男は何だろう？

真知子の席は、充子たちにそう近くないので、話は切れ切れにしか聞こえて来ない。しかし、かなり親しげに話しているから、「友だち」ではあるようだ。

「三次会」という言葉が耳に入って、たぶん昔の同窓生か何かだろう、と真知子は見当をつけた。

じっと耳を澄ましていると、

「K電機」

という言葉が耳に入って、真知子はギョッとした。

「――そうなのよ」

と、充子は言った。

「ニュースで見てたけど、あれ、君のうちのことだったたなんてな」

と、前川は言った。「お母さん、気の毒なことしたね」

「ありがとう」

と、充子は言った。「もう、その話はやめましょ。ね？」

「分った。ごめん」

「そんな……。ね、時間、大丈夫なの？」

「おっと、そうだった」

と、腕時計を見て、「ゆっくり話したいけど……。またね」

「ええ。——あ、いいわよ」

と、充子は、前川が伝票をつかむのを見て、言った。

「これぐらい、安月給でも払えるよ」

と、前川は笑って、「君も出る？」

「ええ。そうするわ」

充子は、先に店の外へ出て、前川が出てくるのを待った。

またね。——また、か。

でも、もうこんな風に会うことはないだろう。それでいいのだ。

「待たせたね」

「ごちそうさま」

「お茶の一杯くらい……。こっちが照れるよ」

二人はエスカレーターの方へと歩き出した。

むろん、前川に続いて支払いをすませ、後を尾けてくる女がいることなど、二人はまるで気付かなかった。

12　揺れる

「もう、電話がパンクしそう！」

と、総務の女の子が息をついた。「課長！　何とかして下さい！」

「そう言っても……」

「課長へ回していいですか、今度かかって来たら」

「おい！　勘弁してくれよ。苦情処理は大体うちの担当じゃない」

「だって――」

と言いかけ、また電話が鳴り出したので、「いやだ、もう！」

と、口を尖らしながら、受話器を取る。

「――K電機工業でございます」

通りかかった武藤が足を止める。

「何だ。お通夜みたいな声出して」

「副社長。今日一日、ずーっと抗議の電話が鳴りっ放しで」

と、課長が言った。

「回収拒否の件か」

「そうなんです。——女の子も可哀そうですよ。どう返事したらいいか、せめてマニュアルを」

「話してみるよ」

電話を一件終えて、

「——はい、申し伝えますので。——どうも」

と、切った女の子へ、武藤は、

「ご苦労さん」

と、声をかけた。

「仕事になりません。電話番号、ここのが外へ出てるんで、全部こっちへかかってくるんです」

「そうか」

「もうくたびれちゃって——」

と言いかけて、女の子は口をつぐんだ。

片岡英俊が通りかかったのである。

故障して事故を起した製品の回収拒否を強く進言したのが英俊だということは、社内にアッという間に伝わっていた。

英俊は、ちょっと白(しら)けた沈黙を敏感に察して、

「文句があるのなら、社長に言え」

と、八つ当り気味に言って、さっさと行ってしまう。

「――言ってやるわよ」

と、女の子もやけ気味だ。

「まあ、落ちつけ」

と、武藤は言った。「二、三日だ。その内、おさまる」

「でも、副社長。この抗議電話、組織的ですよ。言うことが同じですもの」

ベテランの女子社員は、細かいことに気付いている。

「なるほど」

「きっと終りませんよ、当分。――前にも、よく似た事があったんです。私、憶えてますから」

「そのときはどうしたね？」

「その電話番号を変えました。他に対策が立てられなかったので」

「なるほど」

武藤は、いつもながらのおっとりした口調で言って肯くと、「社長に話してみるよ」

「お願いします」

──武藤は、自分の机に戻ると、電話へ手を伸ばした。

が、取る前にかかって来て、

「──はい、武藤。──やあ、万里子さんか」

「平田敬と会いました」

と、井上万里子は言った。

「それで？」

「話をしました。一緒にクリーニングの服を集めて回りながら」

武藤は笑って、

「面白いことをするね」

「相手が心を許してくれないと、取材になりません」

「それはそうだ」

「話をしてみて、不買運動とかには、本人はあまり係り合いたくないらしいのが分りました」

「ほう」

「真面目な人なんです。運動をしている幹部が、職場へ電話して来たりするので、困っているようでした」

「うむ。見込みありだな」

「でも、たぶん今ごろは後悔してると思います」

と、万里子は言った。「どうしてあんなことまで言ったんだろうって」

どうして、あんなことを言ってしまったんだろう。

伝票の整理をしながら、平田敬は苦い思いで考えていた。

井上万里子……。

あの人当りの良さに、ついのせられてしまった。——畜生！

「消費者運動っていうのも、やり方を考えないとね」

という彼女の言葉に、

「そうそう。普通の勤め人のことが分ってないんだ。上司が目の前にいるのに、『K電機は人殺し！』なんてスローガンの打ち合せなんてやれないよ」

と言ってしまった。

確かに、本音ではある。

しかし、あれが記事になって、載ってしまったら……。

あの、幹部の米倉など、カンカンに怒るだろう。

平田は、「あんな女としゃべるんじゃなかった」と悔んだ。

「——平田さん、お電話です」

と呼ばれて、ハッとする。

きっと米倉だ。気は重かったが、出ないわけにいかない。

「——はい、平田です」

「あ、井上万里子です。先ほどはどうも」

と、明るい声が聞こえて来た。

「あ……。どうも」

「お仕事のお邪魔して、申しわけありませんでした」

「いや、別に……」

「おかげさまで、とてもいいインタビューになると思いますわ」

「あの、そのことなんですけどね——」

「とりあえず、二、三日の内にお話をまとめさせていただきます。それをご覧いただきたいんですけど」

平田はびっくりした。

「見られるんですか？」

「もちろん。おっしゃったことと違う、という部分がありましたら、チェックして下さい」

平田はホッとした。

「いや、それならいいんですが……」

「まずいところは削って下さって構いませんよ。消費者運動のところとか。——でしょ？」

「え、ええ……。まあ……」

井上万里子は笑って、

「面白いところですけどね。もし、ご都合が悪いのなら、省(はぶ)きます」

「よろしく！」

平田は、つい受話器を手に、頭を下げていたのだった。


「武藤」

と、片岡弥介は苦々しげな表情で言った。

「はあ」

社長室で、会議の打ち合せをしていた武藤は顔を上げた。

「まずかったかな。回収拒否というのは」

弥介は、武藤の表情をうかがって、「どう思う？」

「社長のご決定ですから。自信をお持ち下さい」

「英俊が言い出したことだ」

「存じてます」

「俺は……謝りたくない。人前で頭を下げるなんて、ごめんだ！」

と、弥介は言った。「だから、つい――英俊の言うことを聞いてしまった」

武藤は黙っていた。弥介は続けて、

「どう思う？　まずかったかな、やはり」

「最悪の道でした」

と、武藤は言った。「社長がきれいに引退の道を飾られるように、心を砕いていた者から見れば、最も危険な選択でした。しかし、もうこれで撤回するわけにはいきません。それなら、断固たる態度で臨んで下さい」

武藤の言葉に、弥介は、

「悔んではいる……。なあ、今からでも遅くないんじゃないか？」

と言った。

その弱気な心の揺れに、武藤は「老い」のかげりを見ていた。

13　第一の手紙

「あなた、お手紙が」

と、充子に言われて、

「手紙？」

と、平田敬は訊き返した。「誰から？」

「さあ。女の人の字だったわよ。差出人の名前はないけど。怪しい手紙ね。でも、開けてないわよ、私」

充子はそう言って笑った。「すぐ夕ご飯の用意、できるから」

「ああ、腹が減ったよ」

と、平田は笑いながら言って、居間のテーブルに置いてあった手紙を取り上げた。

〈平田敬様〉となっているが、差出人の名前はない。見憶えのない、きれいな字だ。

誰からだろう？　平田はネクタイをむしり取るように外しながら、寝室へと入って行った。

着替えの途中で、一旦ベッドに腰をかけ、封筒を開けてみる。――便箋二、三枚の手紙だ。

平田は、滑らかな美しい字で書かれたその手紙を、ゆっくりと読んで行った……。

――充子は、ダイニングのテーブルに皿を並べていたが、電話が鳴り出したので、手を止めた。

夫は、まだ着替えの途中だろう。手をタオルで軽く拭って、電話に出た。

「はい」

最近は、マスコミの取材など、向うのしゃべり方で分るようになっていた。こっちからは名前を言わず、妙な電話ならすぐ切る。それが一番いい手だと分った。

「もしもし？」

「充子さん？　僕、前川だよ」

「あら。この間はどうも」

充子はホッとして言った。

「悪いね、こんな時間に」

と、かつての同窓生は言った。「夕ご飯の仕度だろ？」

「まあね。何かご用？」

「実は……」

前川が少したcontainer めらって、「二、三日の間に、もし君の時間が空くようだったら、ちょっと相談したいことがあるんだよ」

「私に？　何かしら」

「うん、ちょっと……。電話じゃ言いにくいんだけど、女房のことでね」

「あら、そう。――そりゃ、私は時間ぐらい何とかなるけど」

「悪いね。ちょっと色々あって、困ってるんだ」

前川の言い方が、この前話をしたときと別人のように苦々しいものなので、充子はびっくりした。調子のいい、明るい人、という印象しかなかったのだが、考えてみれば同じだけ年齢を取っているのだ。悩みの一つや二つ、抱えていない方がふしぎである。

「いいわ。何か私で役に立つのなら」

「ありがとう！　いつならいい？」

「そうね……。あさって、どうかしら？」

「うん。夕方――。昼間の早い時間の方がいいかな」

「あなた、仕事は？」

「外回りだから、うまくやりくりして、君に合わせる」

と、前川は言った。

結局、この間のスーパーの中のティールームで、午後二時ということにして、電話を切る。

何だろう？　――奥さんのこと？　それなら、「うまくいかない」という話だろう。

でも、充子は前川の妻のことなど知らない。

ま、会えば分ることだわ。

台所へ戻って、手早く料理を盛りつけていると、いつの間にやら夫が立っている。

「座ってて。――ミソ汁、いるでしょ？」

と、充子は言ったが、「――どうかした？」

「何でもない」

平田は椅子を引いて、かけた。「忙しくて、疲れたよ」

「そういえば、米倉さんって方からお電話があったんだわ。夕方だったけど」

「うん、会社へかかって来た。例の不買運動の件だ」

「だと思った。――どんな風ですって？」

「あの人は張り切ってるけどな。こっちは大変さ。抗議運動の日には、休みを取らないと」

「仕方ないじゃないの。うちのためにやって下さってるんだから」

「――まあな」

充子には言っても分るまい。みんなが忙しいとき、一人だけ休みを取ることがどんなに難しく、気の重いものか。

「堂々と休めばいい」

と、米倉などは言ってくれるが、平田が休めば、その分の仕事は他の同僚へ回るのだ。みんな、家族もあり、早く帰りたいと思っている。平田は、できることなら、仕事時間外に、運動してほしかった。

そんな手ぬるいことで、どうするんです！

——米倉は、きっとそう言って怒るだろうが。

「お待たせ」

と、ご飯を盛った茶碗が置かれる。

充子……。

本当に、充子が浮気しているのか。

あの手紙を書いた女の亭主と充子。

そんなはずはない。事実なら、すぐに分るはずだ。

二人は食事をしながら、あまりしゃべらなかった。

——あの手紙を、平田は真に受けているわけではなかった。色々、いやがらせやでたらめの手紙、電話も多かったので、平田も世間にはこういういたずらを言ってくる、「暇な人間」がいくらもいるのだと知っていた。

ただ、今の手紙は、穏やかに、しかも静かな抑えた筆跡で書かれていて、その文字が、何より平田には印象的だった。

手紙……。充子はなぜ手紙のことを訊かないのだろう？

女文字の、差出人の名のない手紙が来れば気にするのが普通だろう。

どうして、訊かないのだろう。

「何の手紙だったの？」

と――。

「あなた」

充子が食べる手を止めて、「明日は遅くなる？」

と訊いた。


「予定通り、手紙は出しました」

と、同席したメンバーの一人が言った。「あんまり後味は良くないですね」

――何となく、会議室の中の空気が重苦しいものになる。

「当然だよ」

と、武藤が言って、空気が和んだ。「できることなら、我々の誰もこんなことなんかしたくない。そうだろ？」

みんな黙って肯く。

「道徳的に考えれば、許されることではないと思う。しかし、人生には一度や二度、こういうことがある。長い間じゃない。辛抱してくれ」

武藤は、いつも通りのおっとりした口調で、みんなの顔を見渡し、「——悪いのは僕だ。分るか？　僕は副社長で、その僕が君らに手紙を書けと命じた。君らに拒否できるわけがない。そうだろ？　だから、君らには何の責任もないんだ。すべては僕の責任だ」

武藤は一つ息をついて、

「じゃ、次の手紙を出したら、また集まろう」

と言った。

——会議室を、他のメンバーが出て行って、

「成瀬君」

と、武藤が呼び止めた。「君、残ってくれ」

成瀬は、いささか恥ずかしい思いをしていた。

武藤はああ言ったが、成瀬は正直なところ、真知子にあの手紙を書かせ、出したことに何ら悔む気持を持っていなかったのである。

「——奥さんは、何か言ってるか」

と、武藤は二人で残ると、言った。

「いえ……。まあ、喜んでやっているわけじゃないと思いますが」

「そうか。確かに、いい気分のものじゃないはずだ。ちゃんと奥さんにサービスしとけよ。感謝してるってところを見せとくんだ」

「はい」

「平田と、消費者運動のグループとの間が必ずしもうまく行ってないってことだ。案外早い内にけりがつくかもしれない」

「はあ……。副社長」

「何だ？」

「あの……ありがとうございます」

と、成瀬は深々と頭を下げた。

　武藤は面食らって、

「何だい、突然」

「副社長が私のことを励まして下さらなかったら……。今ごろ、きっとどうかなっていたと思います。胃をやられるか、それともやけになって、電車にでも飛び込んでるか」

「おい――」

「いえ、本当です。もう……誰も俺のことを心配してくれる人間なんていないんだ、と思っていました。副社長が、それを救って下さったんです。ありがとうございました」

「分った」

と、武藤は微笑んで、「会社は、君のような真面目な社員でもっているんだ。僕にはよく分ってるつもりだよ」

「はい！」

「一度、晩飯でも食べよう。どうだ？」

「喜んで……」

「そうか。声をかけるよ」

「はい！」

成瀬は、先生にほめられた小学生のように頬を赤く染めた。

——武藤は、最後に会議室を出ると、総務の女の子を呼び止めた。もう五時を過ぎているので、帰り仕度の社員も多い。

「会議室の記録、君の所か？」

「そうです」

「今、そこでやってた会議だが、届は出てる？」

「はい。成瀬さんから」

「その届、捨てといてくれ。内輪の集りだ」

「分りました」

と、女の子は、席へ戻って行った。

武藤は、自分の席につくと、電話へ手を伸ばした。

「——もしもし。やあ、武藤だよ。〈K電機〉の。そうそう。今、話題のK電機さ」

と笑って、「どうだ。ちょっと相談したいことがあるんだが、会わないか」

成瀬が、少し離れた所から頭を下げるのが見えた。武藤は軽く会釈を返してやった。

14　約束

「もう帰んなきゃ」

と、美紀が言う。

それが「合図」みたいなものだった。

――十月の夜は、日によっては肌寒い。それでも、美紀が平気なのは、矢田悟（やださとる）と一緒にいるからである。

そう遅い時間ではない。九時になるところ。

でも、高校一年生の女の子としては、家に十時までには帰りたい。

二人でご飯を食べて、映画を見て、おしゃべりをして……。

そう何度もデートしてるわけじゃないのに、もうパターンができ上っていた。悟も、割合予定をきちんと立ててそれを守るタイプの子なのである。

いや、忙しいといえば、悟の方が忙しい。十八歳。高校三年生で、大学受験を控えている。

美紀は高一だから、まだまだ呑気である。

公園のベンチは、まだ空いていた。

本当に恋人たちで一杯になるのは、夜十時を回ってから。美紀も、もし周りでラブシーンが演じられていたら、却って恥ずかしかったかもしれない。

「――もう帰んなきゃ」

と、美紀が言って、悟が美紀の肩を抱く。

体を悟の方へもたせかけるようにして、美紀が目を閉じると、悟がキスしてくれる。

キスは三回目だが、そこから先へは行く気配もなかったし、美紀もはっきりそう言ってあった。

ただ、唇が触れ合うと、キュッと胸が痛くなって、お酒なんか飲んでもいないのに、少し酔っ払ったような気分になる。

それは、本当に「恋してる！」って実感できる、すてきな瞬間だった。

「――さあ、送るよ」

と、悟が立ち上った。

「うん」

美紀は、悟と手をつないで歩き出した。

二人はゆっくりと地下鉄の駅まで、十分ほどかけて歩く。――その間に、「次はいつ会おうか」と話し合っていたりする。

幸福な時間だった。

もう駅が近くなったところで、

「文化祭に行ってもいいかい？」

と、悟が言った。

美紀の頬が、幸せな驚きでサッと赤くなった。

「本当に？」

「うん。いいんだろ？」

「いいわよ！」

と、美紀は飛び上った。

文化祭に来てくれるということは、当然美紀の友だちに会うことになる。いわば、「公認」の仲になるということなのだ。

「必ず行くよ」

「うん！」

美紀は肯いて、「でも――大丈夫なの？　受験勉強があるでしょ」

「毎日勉強ばっかりしてられないよ」

と、悟は笑って言った。

悟は、どっちかというと色白でほっそりとした、繊細な感じの子だ。

美紀の好きだったタレントとか役者とは正反対のタイプで、我ながらふしぎでならなかったものだ。

「じゃあ……」

地下鉄の自動改札を通って、二人は逆方向へ別れる。

「今日は私が見送る番」

「そうか」

と、悟は笑って、「じゃ、ホームまで行こう」

こんなことも、きちんと順番にするのが好みなのである。

美紀は、幸せだった。階段をホームへ下りて行く足どりは、羽根でも生えているように軽やかだった。

「いい加減にして下さい！」

と、ヒステリックな声を上げて、永田あずみは電話を叩きつけるように切った。

総務の誰もが、何も言わずにただ顔を見合せる。

「課長さん！　何とかして！」

二十四歳の永田あずみは泣き出してしまいそうだった。

「な、我慢してくれよ」

てもいいから」

と、課長は拝まんばかりにして、「あと十分もすれば五時だ。そしたら、もう出なく
「十分間に三回はかかって来ますよ！」

と、あずみはむくれている。「私がノイローゼになってもいいんですね！」

先に課長の方がノイローゼになるかもしれない。

連日、K電機工業へかかってくる抗議の電話。――一斉にかかってくるのではなく、
きちんと五分くらいの間を置いてかけてくる。

どうしたって、出ないわけにいかないのである。

今日は、一番のベテランの女性が休みを取っていた。おかげでまだ若い永田あずみに
回って来たというわけである。

「私、トイレに行ってます」

と、あずみは立ち上って、「その間にかかって来たら、よろしくお願いします！」

さっさとあずみが行ってしまっても、誰も止めることはできなかった。

「――頭に来ちゃう！」

と、八つ当り気味に言って、あずみはトイレを出たところで、危うく誰かとぶつかり
そうになった。

「ごめんなさい！」

と言って、「——あ、成瀬さん」

「永田君か」

と、成瀬は言って、「避難してたのかい？」

「まあ……。そんなとこです」

と、あずみは言った。「ちゃんと順番で、仕方ないんだってことは分ってるけど……。うんざりしちゃう」

「そうだろうね。——僕も責任を感じるよ」

「あら、成瀬さんのせいじゃないでしょ。むしろ被害者ですものね」

「ありがとう」

と、成瀬は言った。

「でもね」

と、あずみは言った。「あの家の人にしてみれば……。もし、うちのおばあちゃんとかが死んじゃったら、私、きっとその会社に爆弾、仕掛けるな」

「おいおい……」

「でも、私たちみたいな下っ端をいじめてどうするの？　社長の所へでも行けばいいのよ。それとも、その馬鹿息子の所へ」

成瀬は、目を丸くしてしまった。

あずみはカラッと笑って、

「――ああ、少しスッとした」

「面白いね、君って」

と、成瀬は言った。

「ありがとう。ね、成瀬さん、一度帰りに飲みません?」

「僕と?」

「二人で、とは言いません。三人くらいで、成瀬さんにおごってもらう。――どう?」

「OK。それならいいよ」

「嬉しい! じゃ、約束ですよ」

「ああ」

「今度の金曜日、どう?」

「金曜日……。大丈夫だよ」

「じゃ、決った!」

「だけど他の子は――。永田君!」

呼んでもむだだった。永田あずみはハミングなどしながら、席へ戻って行ってしまったのである。

15　渦巻

まさか。

——平田充子は、夢でも見ているのかと疑わずにいられなかった。

まさか。まさか、こんな話になろうとは。

「びっくりさせたみたいだね」

と、前川はコーヒーを飲みながら言った。

「当り前でしょう。だって……。あなた、奥さんのことでどうとかって……」

「もちろん、それもあるさ」

と、前川は言った。「でも女房とうまく行ってないから、こんなこと言い出したんじゃないよ。本当のことなんだ。ずっと胸にしまってた。ただ——女房と楽しくやれていたら、こうして口に出すことはなかったかもしれないね」

午後のティールームは、空いてはいない。すぐ隣のテーブルでも、奥さんたち同士、にぎやかにおしゃべりしている。

だが、前川と充子のテーブルでは、その後しばらく重苦しい沈黙が続いた。

ウェイトレスが、充子の水のコップに、冷たい水を足して行ってくれた。充子は一気に半分ほど飲んで、

「言わないでくれれば良かったのに」

と、吐く息と一緒に言った。

「もう言っちゃったよ」

「もう……何十年たったと思ってるの。今になって、『本当は君が好きだった』なんて言われても……」

「悪かった。君がそんなに驚くとは思わなかったんだ」

と、前川は両手を広げて、「忘れてくれ。もう、聞かなかったことにしてくれ」

「聞いちゃったものを、無理よ」

充子は、息をついた。「私は夫がいるのよ」

「僕だって、妻がいる。子供も」

「私は主人とうまくいってるわ」

と、言い返して、「前川さん。あなたが嘘ついてるとは思わないけど、どうせなら、ずっと黙っててくれるべきだったでしょ」

「うん、分ってる。ただね、分ってほしいんだけど……」

前川は少し考えて、「同窓会で君と会って、改めて僕は君のことが好きだと確認した

んだ。昔の気持を今になって、埃(ほこり)を払って取り出したってだけじゃないんだよ」

「もっと悪いわ」

「悪い？　どうして？」

「今の私を好きだって言うの？」

「そうだ」

「呆れた人」

「まあね。昔から軽かったろ？」

　と、前川が笑う。

「私への気持も、その軽いのりのせいなのね」

「いや。――違う。そうじゃない」

　前川は怖いような真剣な目つきで、充子を見つめた。「真剣なんだ」

「なおさら困るわ」

「分ってる。ただ、僕としては、一度言っておきたかった。じっと自分の中に抱えていると、ふくれ上って爆発してしまいそうだったんだ」

「前川さん……」

「君を困らせるつもりじゃなかった。ごめん。謝る。この通りだ」

　と、頭を下げられて、

「やめてやめて。あなたの気持は嬉しいけど――」

「嬉しい？」

ハッと前川が遮る。「嬉しい、って言ってくれたね」

「ええ……。だって……好いてくれるって、悪い気持じゃないもの」

と、充子はためらいながら言った。

「良かった……。それを聞けて、もう僕も本望だ」

「大げさに取らないで。私、ただ――」

「でも君が、嫌悪するんじゃなくて、嬉しいんだって知って、本当に良かった。ありがとう」

「前川さん……」

充子は混乱していた。

それはそうだろう。ただの「相談ごと」のつもりで会って、突然「好きだ」と言われたら混乱して当り前だ。

それに、今日の前川は、この前の同窓会のときや、何十年前の学生時代のように軽薄に浮かれている感じではなかった。別人のようだ。

もともとこうだったのか。それとも年月が彼を変えたのだろうか。

「ともかく……奥さんとうまくやってね。私、何だか悪いことしてるような気がするわ」

「君の責任じゃないよ、女房とうまく行かないのは。僕が忙し過ぎて留守がちなのがいけないんだ」

「でも……仕事でしょ?」

「女房は、きちんと勤めたことがない。だから、勤め人が帰りに誘われたら断れないとか、そういうことが理解できないんだよ」

「それはあなたが説明してあげなくちゃ」

「うん。しかし、説明する暇もないんだ」

前川はため息をついて、「気が付くと、ひと言も口をきかないまま、一週間も十日間もたっていることがある……。フッと冷たい風が吹き抜けるんだ。胸の中を」

「それは分るわ」

と、充子は言った。

「君……。君もそうなのか? 幸せだと思ってた」

「誤解しないで。主人はいい人よ。だけど忙しいのは同じ。だって、四十五ですもの。一番忙しいときなのよ」

「寂しい?」

「そんなこと……」

「たまには？」

「まあ……ないこともないわ、寂しいときが。でも、だからってどうするの？」

「話してくれればいい。僕がいくらでも聞くよ」

「忙しい人が？」

と、充子は無理に笑った。

不意に、前川の手がテーブルの上の充子の手に重なって、ギュッとつかんだ。充子がハッと赤くなり、手を引っ込めようとしたが、前川は離さなかった。

「やめて。――お願い。人が見てるわ」

赤くなると、ますます人目をひくようで、喉もとに何かがこみ上げてくる。

前川の手は充子の手をしっかり捉えて、愛撫し始めた。

誰からも見えるテーブルの上だ。

その大胆さが充子をますます混乱させた。

「お願い……。離して」

声が震えた。

「もう少し二人でいたい。構わないだろ？」

「そんなこと……」

「ここでこうしてるだけでもいい」

「いえ、だめよ……。誰に会うか分らない。この辺は、いくらも知ってる人が買物に来てるんだもの」

と、早口に言う。

「じゃ、ここを出よう。それならいいだろ?」

「でも——」

「誰かに見られるのが心配なら、出よう。ここでなくてもいいんだから」

手を離してもらう。充子はそれしか考えなかった。

「出ましょう。だから、離して」

「分った」

前川の手の力が抜けた。充子は手を引っ込めて、立ち上り、出て行って——しまいたかった。しかし、立てなかった。

体が震えた。前川が伝票を手に立ち上り、レジで支払いをすませるのを、ぼんやりと見ているだけだ。

「——行こう」

促されて、充子はやっと立ち上った。

エレベーターに乗ると、地階へ下りて行く。

「私、もう帰らないと——」

「もう少し二人でいると約束したよ」

「でも……」

エレベーターを降りると、前川が充子の腕をつかんだ。

無言のまま、充子は前川の営業用の車に乗せられた。

どこに行くの？　――そう訊くのも怖かった。

車は、ハラハラするほど無茶なスピードで駐車場から外の通りへ出ると、突っ走った。

「前川さん……」

「黙って。事故にあいたくないだろ」

前川はじっと前方を見据えている。

車は、駅から外れて国道へ抜ける細い道を、危険なほどのスピードで駆け抜けた。

車が急ブレーキをきしませて停ったのは、国道へ入るわき道に沿って並んだホテルの一つの前だった。

これは……夢だわ。こんなこと、現実じゃない。そうだわ。

「入るよ」

と、前川は言った。

充子は、いやだと言わなかった。確かに言わなかったが、いいとも言わない。

しかし、現実には車が大きくカーブしてホテルの駐車場へ入り、せかせかとチェックインした薄暗い部屋の中へ連れて行かれた充子は、前川に抱きしめられ、唇を奪われ、ベッドへと押し倒されたのだった。

16 抗議

「いいですね」

と、米倉に念を押されて、平田敬は、

「はあ。分ってます」

と、肯かないわけにはいかなかった。

「ともかく、K電機に抗議するのはあなたなんです。我々はそれを支援する。そこをちゃんと理解して下さい」

「はい」

平田は、「分ってるよ、何度も言わなくたって！」と言いたくなるのを、何とかこらえた。

「じゃ、プラカードの方は揃ってる？　——よし、それじゃ出かけよう」

米倉が声をかける。「出発！」

マスコミが集まっている。TV、新聞、週刊誌。

カメラのフラッシュが光り、ライトが当てられる。

〈殺人企業K電機を許すな！〉と書かれた横断幕を広げて、横一列になって持って歩くのが先頭。平田はその真中に、タスキをかけて立っていた。

ゾロゾロと歩き出すと、初めはみんな足どりが違うので、横断幕がねじれて読めなくなる。米倉は先に立って様子を見ながら、

「もっとゆっくり歩いて！　速すぎる！　——そうそう、その言葉をちゃんと読んでもらえなきゃ仕方ないんですから」

平田も、少し歩幅を小さくすることで、先に出てしまわずに歩けるようになった。

仕事柄、急いで歩くのが習慣になっているのだろう。——午後のオフィス街に、その行進は十二分に人目をひくものだった。

K電機まで約一キロ。TVカメラが並んで歩きながら、

「ちょっと！　もう少し隠れないように持ってくれますか！」

とか、

「プラカードを上げて下さい！」

とか注文をつけてくる。

平田は何だか照れくさかった。

いや、義母の死への怒りを表現するのだ。本気で怒って見せなくては。

平田とて、もちろん怒ってはいる。K電機の対応に怒りを覚えたのも事実だ。

ただ、こうしてK電機そのものを非難すると、結局矢面に立つのは、せいぜい中間管理職ぐらいの相手であり、それが気になっていた。

通夜の席に、あの札束の詰った菓子箱を持って来た男。――あの男が、散らばった札束を見たときの唖然とした表情を、今も忘れない。

あの男は、菓子箱の中身を知らなかったのだ。見ていた平田にはよく分った。TVカメラの目にさらされ、あの男は惨めだったろう。上司に言われて届けに来ただけだろうに……。

同じ「働く者」として、平田はあの男に同情した。

米倉にそんなことを言ったら、

「甘い！」

と叱られるだろうが。

――明るく晴れ上って、爽やかな日だった。

平日なので、道行くサラリーマンやOLが見物している。平田は休暇を取っていた。

これがTVに出たら、またあのマンションの奥さんたちにあれこれ言われるんだろうなと思うと、平田はいささか気が重かった。

「――間もなくやって来ます」

と、成瀬が息を弾ませて、武藤の席へ報告に来た。

「そうか。何人くらいだ？」

「四、五十人だそうです」

武藤は肯いて、

「分った」

「どうしましょう？　正面玄関、閉めますか？」

「それは向うの思う壺だ。玄関は自由に出入りできるものだよ」

「ですが――」

「受付の子に、びっくりするなと言っとけ。社長を出せと言うだろうが、留守ですと答えさせるんだ」

「はい！」

成瀬が急いで駆けて行った。

「――お茶です」

と、永田あずみがやってくる。

「ありがとう」

「これで、抗議の電話、一段落しますか？」

「さあね。対応が素気（そっけ）なきゃ同じことだ」

永田あずみは、抗議電話に出て散々な目に遭っているので、気になるのだろう。

「でも、成瀬さん、張り切ってますね」

「真面目な男だよ」

と、武藤は笑って言った。

「社長さんの代りに、武藤さん、お出になるんですか？」

「そういうことになるね。何しろ、息子の英俊さんも休んじまった」

「ずるいわ！　自分でまいた種なのに」

ずけずけものを言うのが、永田あずみのいいところだ。

「さて、そろそろ下へ行くか」

武藤はネクタイを締め直して立ち上った。

そのとき、オフィスがざわついた。

「――社長！」

武藤もびっくりした。

片岡弥介がやって来たのである。

「おいでになったんですか。――今、例の抗議のグループが来るところです」

「知っとる」

と、弥介は肯いた。

武藤は、離れた所に井上万里子が立っているのを見た。万里子のマンションから来たのだろう。

「じゃ、社長はここにいて下さい。一応お留守ということになっていますから。私が応対します」

武藤はエレベーターの方へ歩いて行った。

井上万里子が小走りにやって来て、

「急に、どうしても行くとおっしゃって」

「そうか。——ま、連中もここまでは来ないさ。君、社長を見ててくれ」

「ええ」

と、万里子はやや不安げに肯いた。

永田あずみが、

「武藤さん！　今、一階に——」

「分った。今行く」

武藤はエレベーターのボタンを押した。

「——社長は本日休んでおりますので」

受付の女性がくり返すと、

「馬鹿言うな！　ちゃんと今日行くと連絡してあるんだ！」

と、米倉が受付のカウンターを叩いて怒鳴った。

「ただいま、副社長が参りますので」

受付の女性は米倉の剣幕に青くなっている。

ビルのロビーに入った平田たちは、何となく居心地の悪い気分で立っていた。

「社長に会うまでは帰らないぞ」

と、米倉は拳を振り上げて言った。

「お待たせしました」

と、よく通る声がロビーに響いた。

よく日焼けして銀ぶちのメガネをかけた男である。

「副社長の武藤と申します。平田さんでいらっしゃいますね」

と、その目は間違いなく平田を見て、「お義母様のことについては、大変申しわけなく存じます。お悔み申し上げます」

「いえ、どうも……」

と、つい頭を下げてしまう。

「我々は社長に会いに来たんだ！」

米倉が間に入って、「片岡社長を出して下さい」

「社長はこのところ体調を崩しておりまして」

「口実だ！　会うまでここで待ちますよ」

「お待ちいただいても、お目にかかれません。私が副社長として、代ってお話をうかがいます」

決してカッとならないが、同時に譲ることもない。

頭の良さそうな男だと平田は思った。

「話にならん。社長が家にいるのなら、ここへ来てもらって下さい」

「社長は六十五です。具合の良くないところに無理をさせると、大事に至る可能性があります。ご希望に添いかねます」

やりとりが続いても、平行線なので終らない。

平田は、米倉へ「こっちの要求を伝えて帰ろう」と言おうとしたが、きっと米倉は納得しないだろうな、と思った。

「このままでは――」

と、米倉が言いかけて、やめた。

ロビーのざわつきがおさまって、誰もが口をつぐんだ。

片岡弥介が立っていたのである。

「社長――」

武藤が困惑した様子で、「上でお休みになっていないと——」

「大丈夫だ」

と、弥介は言った。「話を聞こう」

平田は、すぐには言葉が出て来なかったのだった……。

17 交渉

「お止めしたんですけど」

と、万里子が小声で言うと、

「いいさ。社長ご自身で決められたことだ。我々がどうこうするわけにはいかない」

武藤は、慰(なぐさ)めるように言って、「ともかく僕がそばにいて、無理なさらないように気を付けるよ」

永田あずみがやって来た。

「会議室の用意ができました」

「分った。君、あの人たちを案内してくれ」

「はい」

あずみも、いつになく緊張した表情である。

「――万里子さん、救急車を呼んでおいてくれないか」

「え?」

「いや、一一九番してくれってわけじゃないんだ。社長のかかりつけの病院、知ってるだろ?」

「ええ」

「そこへ電話して——確か、院長とも親しいね、社長は」

「一緒に伺って、お会いしたことがありますわ」

「病院の車を回しておいてもらってくれないか。興奮して倒れでもされたら、急いで運ぶ必要がある」

「分りました」

万里子は肯いて、「でも、どうして……」

「社長の気が変ったか、ってことかね」

「ええ。武藤さんに任せておられたんでしょう」

「それは、年齢(とし)をとったからさ」

武藤は、エレベーターからゾロゾロと降りて来た抗議グループの面々が、あずみの案内で会議室へと向うのを眺めながら、「自分の『死』というものを考えるようになる。そうすると、人の死が、他人事(ひとごと)と思えなくなるんだ」

万里子も、何となく武藤の言葉を理解していた。——万里子自身は、まだ自分の「死」を考えることはない。けれども、弥介の中の微妙な変化を、知らずしらず感じていたのかもしれなかった。

「それにしても、無責任なのは英俊さんだな」

と、武藤はため息をついた。「じゃ、僕は行く。頼むよ」

「はい、すぐに」

万里子は、急いで病院へと電話をかけに行った。

武藤は会議室へ向った。——何が起るか、予測はつかない。

格別緊張はしていなかった。予測できないことで心配していても仕方ない。

何とか乗り切れる。——武藤には、その自信があった。


「——早く服を着た方がいいよ」

ネクタイをしながら、前川が言った。

平田充子は、ベッドの上に、糸の切れた人形のようにぐったりと横たわっている。

「——勝手なこと言って」

と、前川の方へゆっくり顔を向けて言った。

「僕は仕事で回る所があるんだ」

前川は腕時計を見て、「どうする？　自分で帰るかい？」

充子は、ゆっくりと起き上った。

「ひどい人」

「恨み言かい？　しかし、君もちゃんと反応してたぜ」

充子は何も言わずに、バスルームへと入って行った。

前川は、上着も着て、小さな椅子に腰をおろすとタバコに火を点けた。

シャワーの音が聞こえてくる。

大丈夫。——女は一旦寝てしまえば、そう簡単に切れないものだ。

前川は経験からそう思っていた。——こんな風に関係を持った女も、二人や三人ではない。

思ったより早く、バスタオルを体に巻いて充子が出て来た。

「——私のこと、置いて帰ったかと思った」

「そんなことしないよ。君のことが好きだからね」

「無茶な人ね」

充子はそう言って笑った。

やった、と前川は内心ニヤリとした。充子は、前川のことを受け容れたのだ。

「それで……どこまで送る？」

「駅前のスーパーまで乗せて。こんな所からノコノコ歩いて出られないわ」

「いいよ」

前川は、服を着る充子を、笑みを浮かべながら眺めている。

大方、充子も夫との生活に漠然と不満を持っていたのだ。夫は忙しく、そして充子には時間だけがあり余っている。

その隙間に忍び込むのは、前川にとってたやすいことだった。

「――おかしくない？」

と、充子が身仕度を終えて言った。

「ああ、すてきだよ」

「そんなこと訊いてるんじゃないわ。どこか違ってるとこ、ないかってこと」

「大丈夫。髪は濡れてないだろ？」

「気を付けたわ」

「じゃ、行こう」

充子は、部屋を出ようとして、足を止めると、

「悪い人ね」

と言った。

「ひどい人」と「悪い人」では、大分違う。

「まあね。否定しない」

「――今度、いつ会える？」

充子は、そう訊いて、「もし、その気があるのなら、だけど」

「もちろんさ！」

前川が充子の腰を抱き寄せ、唇を重ねた。充子は大きく息をついて、

「――もうやめて。こんなこと……主人に知られたら……」

「分りゃしないよ」

「でも、毎日一緒にいるのよ。気が付くかもしれないわ」

「気が付くもんか。賭けてもいい」

「そう……。たぶん、気付かないわね。まさか、と思ってるでしょう」

「君もご主人を裏切った。僕も女房を。お互い、共犯者だ」

前川は充子の額にキスすると、「――来週、どこかで時間を作るよ」

「ええ。どうやって連絡する？」

「僕の方から電話する。昼前に。いいね？」

「ええ」

「じゃ、行こう」

二人は、ホテルの部屋を出た。

この部屋へ入るとき、一人は加害者で一人は被害者だったが、出るときは二人とも「共犯者」だった。

成瀬は、時計を見た。

「もう二時間もたつじゃないか。大丈夫なのかな」

永田あずみが、

「私は分りません」

と、やや素気なく言う。

成瀬だって、永田あずみに言っても仕方ないことは分っている。それでも席にじっとしてはいられないのである。

成瀬は受付の辺りをウロウロして、会議室の様子をうかがっていた。

といって、何も分るわけはないのだが、そうせずにいられなかったのだ。

「成瀬さん、お電話です」

と呼ばれて、渋々席へ戻る。

「――はい、成瀬です」

「ああ、僕だ」

課長の片岡英俊である。

「どうも……」

今日休んでしまって、どういうつもりなんだ！

喉まで出かかった言葉を、何とか呑み込む。

「今日はちょっと調子が悪くてね」

と、英俊もさすがにばつが悪そうに、「どうだい？　何か変ったことは？」

あるに決ってるだろ！

「抗議文を持った人たちが押しかけて、今、会議室で――」

「来たのか！　追い返せばいいんだ」

「そう簡単には行きませんよ。社長がもう二時間も話をしてるんです」

「何だって？」

英俊がびっくりして、「親父が？　どうして、止めなかったんだ！」

「仕方ありません。ご自分で出て来られたんです」

成瀬の、やや反抗的な言い方に、英俊はムッとしたようだったが、

「そんなこと、俺は知らないんだからな」

と言って、「分った。――じゃ、今からそっちへ行くよ」

「そうお伝えしておきます。お会いできれば」

成瀬は、英俊に対してこんな口のきける自分に、びっくりしていた。

事態がどうなるか分らないことに、不安感を抱いてもいたのである。なぜ社長が出て来て、自ら、抗議グループの面々と会うと言い出したのか、成瀬には理解できなかった。

ただ、この一件が、せっかく武藤の力で助けられそうになっていた成瀬自身の浮沈に

悪い結果をもたらさないことだけを祈っていた。

「――成瀬さん、帰ります、あの人たち」

と、永田あずみが言いに来てくれた。

成瀬が飛んでいくと、タスキをかけた男たちがエレベーターに乗り込むところだった。

成瀬は、その中に平田敬の姿を認めた。

あの、葬儀のときに会った男である。

平田の方も、チラッと成瀬を見て、誰だか思い出したらしい。小さく会釈をした。

成瀬が会釈を返さない内に、平田の姿はエレベーターの中へ消えていた。

「――おい誰か！」

武藤が足早にやって来た。

「武藤さん」

「成瀬君、来てくれ。社長がお疲れなんだ。一旦病院へ行っていただく」

「はい！」

成瀬は武藤について歩きながら、英俊が来ることを告げた。

「あんな奴、放(ほ)っとけ」

武藤の言い方に成瀬はびっくりし、同時におかしくもあった。

「それで、どういう話になったんですか」

「不良品の出た型は交換することになった。社長の譲歩だよ」

「そうですか……」

二人は、会議室へと入って行った。

18 食い違い

「お帰りなさい」

いつもよりずっと早い時間に帰って来た夫を見て、平田充子は初めて、今日夫が休みを取っていたことを思い出した。

「——ただいま」

平田は、疲れた様子で、「やれやれ」と、ソファに座り込む。

充子は、じっと立っていた。

夫が言い出すのを待っていたのである。

「お前、浮気して来たな！」

と。

あるいは、

「どうしたんだ？　様子が変だぞ」

とでも。

しかし、夫は、

「夕飯、できてるか?」

と訊いたのだった。

充子は笑い出しそうになった。

「まだ、これからよ。だって、時間も早いし……」

「そうだな」

平田は時計を見て、「外で食べようか」

「――え?」

「たまにはいいじゃないか。少し洒落たレストランにでも行ってさ」

平田は、立ち上ると伸びをした。「――仕度しろよ。出かけよう」

「ええ」

充子は、夫が洗面所へ行くと、ホッと息をついた。力が抜けてしまったのだ。

夫は何も気付いていない。ほんの何時間か前、充子が他の男に抱かれていたことを。

そうだ。――こんなものなのだ。

大したことじゃないんだわ。

充子は、急いで着替えをしに寝室へと入って行った。

――平田が顔を洗って、居間へ戻ると電話が鳴った。

「はい、平田です」

　と、出ると、

「米倉です」

「あ、どうも先ほどは」

「お疲れさまでした」

　米倉は不服そうで、「しかし、もう少し粘ってれば、向うはもっと譲歩したかもしれませんよ」

　平田は、向うの社長、片岡弥介の顔色が悪くなるのを見て、米倉の言葉を遮り、

「今日はこれで引き上げます」

　と言ってしまったのだ。

「どうもすみません。でも、相手が具合悪そうだったので」

「そんなこと、気にしてちゃ戦っていけませんよ」

　と、米倉は言って、「しかし、まああれだけの譲歩を引き出したのは勝利ですけどね」

「はあ」

「マスコミに対しては、我々の勝ちとったものを十二分にＰＲできました。また今後のことは連絡します」

「よろしく」

平田は電話を切って、どこかホッとしたところがあった。

あの片岡社長に、「老い」の疲れを見たのは、どうしてだろう？　つい、同情してしまったのは……。

米倉の言うように、

「相手は冷酷なんです」

と考えるべきなのかもしれない。

しかし、こっちまで「冷酷」になっては、相手と同じレベルに自分をおとしめることにならないか。平田はそう思った。

「――あなた」

充子が、明るいスーツ姿で立っている。

「今日はすてきだな」

と、平田は言った。

「今日だけ？」

「今日は特に、さ」

二人は笑って、玄関へと出て行った。


「まあ」

と、真知子は言って、上着をハンガーにかける手を止めた。「それで、社長さん、大丈夫だったの？」

「うん。病院で点滴を受けてね」

と、成瀬はネクタイを外した。「しかし、あの連中！　大勢でワーワーわめき立てて。あれじゃ暴力団だ」

真知子は何も言わなかった。

少し遅い時間だったが、珍しく家族三人で夕食をとった。

しかし、食事の間中、成瀬はずっと、あの抗議活動をしている平田を始めとする人々の悪口を言い続けたのである。

美紀は早々に食べ終えて、

「ごちそうさま」

と、自分の部屋へ戻ってしまった。

「――あいつも、何だか無口になったな」

と、成瀬は言った。

それはあなたのせいよ、と言いたいのを、何とか真知子はこらえた。

言っても分るまい。――真知子は、夫がひどく遠い人に思えた。

「次の手紙、出してくれよ」

と言われて、

「え？」

と、訊き返す。

「手紙さ」

「ああ、あの……。まだやるの？」

「もちろんだ！　あんな奴、放っとけるか」

真知子は気が重い。

やり方がフェアでない、と言えば夫は怒るだろう。

しかし、真知子はいやだった。拒むことはできないが、いやだった……。


「私がおそばにいながら、申しわけありません」

武藤は、何も言われない内にそう言った。

「いや、俺が自分で出てったんだ。そんなことはいい」

と、弥介が首を振る。

そう言われることも計算ずみである。

「でも、用心して下さいよ」

と、妻の信江がため息をつく。「英俊に任せればいいじゃありませんか」

——片岡家の居間で、弥介はガウン姿だったが、大分顔色は戻っている。

「あいつはだめだ」

「あなた……」

「カッとなるばかりで、先の見通しがない。——武藤、交換品の手配を……」

「お任せ下さい。間違いなく手配します」

「頼むぞ。——大体、英俊の奴、どこへ行ったんだ？」

結局、英俊は会社へも来なかったのだ。

「連絡ないけど……」

「仕方のない奴だ！」

と、弥介は怒っている。

「社長。今夜はもうおやすみ下さい。明日の午後は、おいでいただかないと」

「分っとる。——じゃ、おやすみ」

信江がついて、弥介を寝室へと連れていく。

武藤が一人で残ってお茶を飲んでいると、

「コーヒー、いれましょうか？」

と、黒木のぞみが入って来た。

「いや、もう帰るよ」

武藤は立ち上って、「今日は疲れた」

「ね、私、知ってる」

と、のぞみが小声で言った。

「何を？」

「英俊さんがどこにいるか」

そう言って、のぞみはいたずらっぽく笑って見せた。

19　転落

〈平田　敬　様

　お元気ですか。

　先日、TVでK電機に抗議に行かれたあなたのお姿を拝見しました。とてもやさしそうな方に見えた、と申し上げたら、お気を悪くされますか？　一緒に抗議されている方たちが難しい顔をされている中で、あなたは一人、ちょっと気恥ずかしそうな様子で立っておられました。

　私には分りません。あなたの奥様が、なぜ私の主人のような男性と係り合うようになられたのか。あなたのようにやさしそうな夫を持って、私など奥様が羨しいと思えるほどなのに。

　あなたのやさしさが、もしかしたら奥様と正面切ってこのことを話されるのを避けさせているのでしょうか。

　私も、主人が二枚目か、それとも女性にやさしくまめに尽くすタイプか、でなければ、女を圧倒し、征服する野性的な男なら、奥様がひかれても仕方ないかと思います。でも、

主人は、「会社第一」の人です。数年前に胃をやられて血を吐き、入院したのですが、

「家族とはいいものだ」

と、思い直したのも束の間、今はまた元の木阿弥です。

帰宅しても出るのは会社や仕事で知り合った人の悪口かグチばかり。一人娘は、そんな父親と口もききません。主人は、娘が反抗的になったのは、「お前がいつも父親の悪口を言っているからだ」と怒ります。

自分が間違っているとは考えもしない。もう、「会社」という小さな世界でなければ呼吸もできない。

そんな主人のどこが良くて、奥様は浮気する気になられたのでしょう？

隣の芝生はきれいに見える？　そうかもしれませんが、それにしても雑草と芝生の区別ぐらいはつきそうなものですのに。

何だか私自身の、主人へのグチを並べてしまいました。申しわけありません。

奥様は、いつも買物に行かれる駅前のスーパー、六階にある〈F〉というティールームで、主人と待ち合せておられるようです。

むろん、ご近所の方も大勢そのスーパーへ行かれているはずです。遠からず誰かが主人と奥様を見かけるでしょう。

主人は――。

ご近所で噂になったとき、傷つくのは奥様であり、あなたでもあります。いつも余計なことかと思いつつ、お知らせいたします。

失礼いたします。〉

平田敬は、その手紙をそっと封筒へ戻した。

もう何度も読んで、何が書かれているか分っているのに、またくり返し読んだ。——今、充子は風呂に入っている。

そろそろ出て来るころで、平田は、あえて手紙をゆっくりとしまって、妻がそれを見てしまうことを期待していたかのようだった。自分自身、気持がよく分らない。

読んでも、怒りは湧いて来ない。——手紙に書かれていることは本当だろうと、思っていた。

駅前のスーパーの六階に〈F〉というティールームがあるのは事実だし、そこを充子がよく利用するのも本当だ。平田自身、充子に「荷物持ち」をさせられるとき、何度か〈F〉に入ったことがある。

平田は、もう四通めになる、この「見知らぬ女」の手紙を、むしろ楽しみに読んでいた。

別に平田はマゾヒストではない。手紙の二通目、三通目で、女の書いていることは事実だろうと思い始めていて、初めは胸を焼く苦痛があったことは確かである。

だが――くり返し読む内に、平田は手紙を「楽しむ」ようになったのだ。

夫が裏切っているというのに、そして、自分も夫に失望しているとつづられているのに、この女の文章はあくまで淡々として冷静で、節度を感じさせる。

平田は、この手紙の文章と、その端整に整った文字を「楽しんで」いた。音楽を聞きながら、歌い手のよくのびる声や、正確な音程の美しさを楽しむことがあるように。我ながら妙な話だと思った。しかし、事実そうだったのだ。

「――あなた、入って」

と、充子がバスタオルを体に巻きつけて居間へ入ってくると、平田はドキリとした。

手紙は手に持って、隠しもしなかった。平田は、充子から「女」の匂いが立ち上っているのを感じて、小さなショックを受けたのだ。長く放っておいた銀器を磨いて、初めの輝きを思い出すように。

「うん……」

「その後、K電機から何か言って来た？」

充子の問いは、やや唐突だった。

「いや。どうしてだ？」

「どうして、ってわけじゃないわ。ただ、あんまり最近は話さないから……」

充子の口調に、どこか歯切れの悪いものを感じたが、平田は妻の心の中まで分るわけではない。

「故障を起した製品を新型と交換するのに、少し手間がかかってるんだ。その内、米倉さんから何か言ってくるさ」

「大分向うが折れて来たのね」

「そうだな。意外だった。ごり押ししてくるかと思ってたよ」

平田は、わざと手紙を膝の上でもてあそんだ。

「じゃ、ちゃんと話し合いの席について、補償とかしてくれるのかしら?」

「今のところ、可能性は充分あると米倉さんは見てる。金額がどれくらいになるか、見当がつかないけどな」

「金額の問題じゃないわよね」

「ああ。しかし、やはり金額の大きさに、その企業が人の命をどの程度のものと考えているか、表われるんだからな」

正直なところ、補償金が出たら平田はまた気の重いことになりそうだった。あのマンションの奥さんたちだけではない。他にもきっと、

「金を貸してくれ」

と言ってくる人間が現われるだろう。

それを考えると気が重くなってしまうのだ……。

「――電話だわ。出てくれる？」

「ああ」

平田が受話器を取ると、噂をすれば、で米倉からだった。

「あ、どうも」

「平田さん、聞きましたか」

と、いきなり訊かれる。

「は？」

「K電機の社長の片岡弥介が倒れたんです」

「――倒れた？」

「正確にいうと、マンションの階段から落ちたようです」

「それで、具合は――」

「そこまでは分りません。しかし、ことによると、社長のポストを退くかも」

「交渉はどうなります？」

「むろん、続けます。個人的な事情は別ですよ。しかし、あの副社長の、抜け目のない武藤という男が社長になれば上出来ですね。問題は、息子の片岡英俊です。あれが社長になったら、これは壁ですよ」

平田も何回かK電機を訪れて、片岡英俊にも会っていた。しかし、ともかく頭から米倉や平田を見下げてかかる姿勢には、平田でさえ腹が立ったものだ。

「確かに、そうですね」

「いや、ああいう奴が相手だと、ますますファイトが湧きますけどね」

と、米倉は笑った。

しかし、平田は考えていた。——片岡弥介のけがはひどいのだろうか。

平田は、一旦人の上に立った人間が、他人に対して折れて出ることがいかに珍しいことか、よく知っていた。

平田は、米倉と話しながら、手の中の、名も知らぬ女の手紙を見つめていた……。

その夜、片岡弥介は井上万里子のマンションの部屋を九時過ぎに出た。

「大丈夫ですか？」

と、万里子はガウンをはおって、玄関まで弥介を送りに出た。

「何だ。そんなに心配か？」

弥介の声に、苛立たしげな気配を感じて、万里子はハッとした。

大丈夫ですか？　——弥介はみんなにそう言われてウンザリしているのだ。

万里子には、

「大丈夫！　お元気ですよ」

と言われたい。

だからこそ、このところひんぱんに万里子の所へやって来るのだ。

「心配ですよ」

と、万里子はのび上って弥介にキスすると、「こっちの身がもたないもの」

弥介は笑って指先で万里子の頬をつついた。

「エレベーターまで」

と、万里子は弥介の腕に自分の腕をしっかり絡めて、身を寄せながらエレベーターへと歩いて行った。

「明日も来ていいか」

「今、身がもたないって言ったばっかりよ」

と、万里子は微笑んで、「いいんですか？　奥様にばれない？」

「あいつは英俊のことで頭が一杯さ。俺が女になっても気が付くまい」

「そんなことおっしゃって！　——あら」

エレベーターに、〈点検中〉の札が貼られていた。

「何だ。階段で行くか」

「いやだわ。お疲れなのに」

「もう部屋へ戻れ。風邪ひくぞ」

「はい。それじゃ……」

「電話する。昼ごろ、部屋にいろよ」

「はいはい」

万里子は、小さく手を振って、弥介の姿が階段へ消えるのを見送ると、部屋へと戻って行った。

ドアを開けようとしたとき――何か大きな音がした。

何かしら?

階段の方から聞こえたようだったが。

気のせいか。――ドアを半ば開けて、それから万里子は階段へと小走りに急いだ。

「――社長さん!」

万里子は、一階下の踊り場に、うつ伏せに倒れている弥介を見て青ざめた。

飛ぶように階段を駆け下りる。

「社長さん!　――どうしたんですか!」

抱き起そうとすると、弥介は呻(うめ)いた。

「すぐ――救急車を呼びますから!　すぐ戻りますからね!」

万里子は夢中で部屋へと駆け戻った。

20　衝撃

「美紀」

呼び止める父の声を、気付かないふりで通り過ぎかけた美紀だったが、

「おい、待て！」

と、くり返し苛々（いらいら）と呼ばれては仕方ない。

「なあに？」

と、ダイニングを覗いて、「もう学校に行かないと」

「まだ早いだろう」

と、成瀬は言った。「こっちへ来い。――ゆうべ何時に帰ったんだ」

美紀が母の真知子の方へチラッと目をやると、

「お前に訊いてるんだ！」

と、成瀬は言った。

「怒鳴らないで。聞こえるわ」

「何だと？　それなら返事をしろ」

「十二時半。——仕方なかったの」

素直に謝ってしまえばいいと分っていても、今の美紀はそうできなかった。

「どこをほっつき歩いてたんだ！　男と一緒だな」

「ボーイフレンドくらいいたっていいじゃない」

「高校一年生が夜中の十二時過ぎまで遊び歩いてるのか？　いつからお前、そんな不良になったんだ？」

「電車を一本逃して遅くなったのよ。彼と別れた後よ」

「その顔は何だ！　すぐふてくされて」

「もう学校へ——」

「逃げるのか。よっぽど俺に言えないことでもしてるんだな」

真知子は、たまりかねて、

「後は夜にしなさいよ、あなた。朝からそうガミガミ言っても——」

「俺は当然のことを言ってるだけだ！」

真知子には、夫が自分の苛立ちを娘にぶつけているのが分っていた。まるで娘に対等な大人としてケンカを売っているようだ。

「美紀、行きなさい」

と、真知子は言った。「あなた、胃に悪いわ、そんなに苛々して」

「誰が苛々させてるんだ？」

「いい加減にしてよ！」

と、美紀が爆発した。「帰って来れば人の悪口ばっかり！　会社で気に入らないことがあっても、それが私のせいなの？」

「美紀、やめなさい！」

「言わせとけ！　学校は何をしてるんだ。夜遊びでもすすめてるのか？」

「いいから美紀、早く出かけなさい」

真知子は手でせかした。クルッと振り向いて玄関へ行く美紀へ、

「ちゃんと手紙を出してやったぞ！　よく反省しろ！」

と、成瀬が怒鳴る。

「——手紙って何？」

と、美紀は振り向いた。

「矢田悟っていうんだろう。高校三年生。ちゃんと知ってるんだ」

美紀が青ざめた。

「お父さん——」

「お前の学校から、そいつの学校へ忠告が行くさ。おたくの生徒がうちの女の子を夜遊びに誘って困ります、とな」

真知子もびっくりした。

「あなた。本当なの？」

「当り前だ。親として当然のことだ」

成瀬は、美紀が涙をためた目でじっと自分をにらんでいるのを無視して、「おい、早くミソ汁をくれ」

美紀が駆け出して行く。玄関のドアが叩きつけられるように閉った。

「――あなた。もう少し言い方はないの？」

「甘やかすからつけ上るんだ」

「でも――」

真知子は、言いかけてやめた。ミソ汁の鍋をガスの火にかけると、電話が鳴った。

「――はい、成瀬でございます。――あ、どうもいつもお世話になっております。

――はい、おります。少々お待ち下さい。――あなた、武藤さん」

「お！　――おはようございます！」

成瀬は受話器を耳に当てて深々と一礼した。

「――は？　――社長が！」

成瀬が青ざめる。

真知子はガスの火を止めた。

片岡社長がどうかしたのか。──夫の様子で、ただごとでないことは分る。

夫の苛立ちは、あの平田という男と、その支援グループがこのところ何度も社へやって来て、社長を相手に「脅している」ことのせいである。むろん「脅している」というのは夫の感想だが、社長が何かと譲歩しているのが、面白くないのだ。

平田の立場だったら？　そう考えると、真知子は夫に必ずしも同調できない。しかし、毎日、そんなことにはお構いなく夫は平田たちの悪口を言い続けているのだ……。

「──すぐ出ます」

成瀬は受話器を置くと、「出かける。ミソ汁はいい」

「どうしたの？」

「社長が、階段から落ちて重体だ」

「まあ……」

「お疲れだったんだ。──畜生、あいつらのせいだ！」

成瀬は寝室へと大股に歩いて行った。


「──奥様」

と、武藤は軽く頭を下げ、「お疲れでしたら、少し部屋で休まれては」

片岡信江は、老け込んだ顔を上げた。

「部屋って……どこで？」

「この病院の隣がＣホテルです。部屋を二つ取っておきました。お使いになることもあるかと思いまして」

「ありがとう……。武藤さんはよく気が付くわね」

「それが仕事でございます」

病院は、もう朝の活動を始めている。

「——よく働くわね、看護婦さんって」

と、信江は言った。

「全くです。サラリーマンなど、あれに比べれば楽なものです。しくじっても、人が死ぬわけでもない」

武藤が言うと、「死ぬ」という言葉も耳障りではない。

「英俊は……」

「連絡がつき次第、来られるでしょう。ご心配いりません」

「武藤さん……」

ソファに座って、信江は十歳も老けて見えた。「あの人……女の所でけがしたのね？」

武藤は淡々と、

「お忙しい、難しい仕事をされていたんですから……」

「分ってるわ。あの人を恨むつもりはありません」

　信江は息をついて、「お医者様のお話では、あの人、もう意識が戻らないこともあると……」

「可能性として、です。生命力の逞(たくま)しい方ですから」

「ええ、そうね……。ただ、私、英俊が社長になるのを見たいの。死ぬ前に」

「奥様――」

「あの子にやれるかしら？　あなた、あの子を助けて下さる？」

「もちろんです」

「じゃあ……英俊を社長に」

「かしこまりました」

　武藤は立ち上って一礼した。

　ちょうど廊下を、急ぐでもなく英俊がやって来るのが、武藤の目に入った。

21　新社長

〈社長〉が入って来た。

一番広い会議室に、このビルにいるほぼ全社員が集められて、〈新社長の訓辞〉を待っている。

新社長――片岡英俊は、片手を上着のポケットに突っ込んで、何だかやたら胸を張って、正面の席についた。

壇上には椅子がズラリと並べられ、副社長の武藤を始め、重役たちが落ちつかない様子で腰かけている。だが、英俊の隣の椅子が一つ空いていて、その空白はいやに目についていた……。

「本日、みなさんにお集りいただいたのは」

武藤がマイクの前に立って口を開くと、ざわついていた会議室の中が静かになった。

「片岡弥介社長が、不慮の事故によって、長期入院を余儀なくされ、幸い、後の経過は順調ですが、やはり当面、出社して社長業務を遂行するのは不可能ということになりました。そこで、次期社長として、ご子息の英俊さんを推されましたので、私どもとしては、そのご意志に添って、精一杯このK電機を守り立てて行きたいと考えております。それでは片岡英俊新社長よりひと言ご挨拶を」

武藤が外れると、英俊が立ち上ってマイクの前にやってくる。パラパラと、気のない拍手が起きた。

「――お先真暗」

と、永田あずみが小声で言うのが聞こえ、成瀬は苦笑した。

「成瀬さん」

「うん？」

「あの隣の椅子、誰が座るの？」

「さあ……」

と、成瀬は肩をすくめた。

昨日まで成瀬の直接の上司だった英俊。とても「社長」という器ではない。英俊に好かれているとは言えない成瀬としては、社長を英俊がつとめることは、どう考えてもプラスに出ないだろうと思っていた。

ただ武藤が変らずに副社長でいてくれるのが、唯一の希望である。

「――わが社はこのところ災難続きだ」

と、英俊は横柄な口調で話を続けていた。「どこかで、つ、き、を呼び戻すんだ。それには今までと同じことをやっていたんじゃだめだ！　弱気になると貧乏神がつけ入ってくる」

聞いていた永田あずみが、

「あんたが貧乏神」

と呟いて、成瀬はふき出しそうになった。

「父は、例の事故について、譲歩してた。しかし、俺はしない！　ビジネスは甘いもんじゃないんだ。――欠陥品の交換は、事実上、スタートしている。これは即刻中止する」

ざわめきが起きた。

「文句のある奴はいるか？」

英俊は、会議室に集まった社員を見渡した。「向うが訴えるなら訴えりゃいい。裁判で勝てばいいんだ」

武藤も沈黙を守っている。成瀬も、これでは武藤が口を出す余地がない、と思った。

「いやがらせや抗議は無視しろ！　どうせ、世間はその内忘れる」

と、英俊は言って、「以上だ。――ああ、それから……」

と、付け加え、

「当面は従来と同じ体制でいく。二、三か月して落ちついたら、あっと驚く大異動を発表する。楽しみに待っててくれ」

と笑う。

「――まるでヤクザの挨拶ね」

永田あずみが「寸評」を加え、「私、辞めようかな」と、ため息をついた。

一旦、壇を下りかけた英俊が、またマイクの前に戻った。

「忘れてた。もう一つ言っとくことがある。今度、新たに取締役を迎え、事業の発展を図ることにした。――おい、上って来いよ」

英俊が手招きして、登壇したのは――真赤なスーツに、派手な化粧の女だった。

みんなが呆気にとられていると、

「新しい取締役、木下（きのした）エリ子さんだ」

と、英俊が紹介し、拍手をした。

遅れて、少しずつ拍手が広がっていったが……。

成瀬は、後ろにいた営業の社員が、

「何だ。あれ、〈K〉のママじゃないか」

と言うのを聞いた。


「武藤さん……」

と、成瀬はトイレを出た所で、武藤と出合って言った。

「やあ。どうだい、体調は」

武藤はいつに変らぬ口調だ。

「これから悪くなりそうで」

と言うと、武藤は笑って成瀬の腕を取り、少し奥へ連れて行くと、

「君の思ってることは分る」

「私だけじゃありません」

「そうだろうな」

「確かに、英俊さんはあの父親の下で育ったわけで、跡を継ぐのは当然かもしれません。でも――あの木下とかって女は何です？　バーのホステスだっていうじゃありませんか」

「君だって分ってるだろ？　あれは英俊さん――いや、社長の『彼女』だよ」

やっぱり。

しかし、まさかこんなことになるとは……。

「まあ、短気を起すな」

と、武藤は言った。「これからが大変だ」

「何だか、面白がっているみたいですね」

「いかんかね？　何があっても、最終責任は英俊さんにあるんだ。こっちはじっくり見物させていただくよ」

武藤は行きかけて、「そうだ。前にも言ったが、一度食事でもしよう。口約束だけじゃ終らさないぞ」

「はあ……」

成瀬には、その武藤の楽天的な言葉が、どうにも納得できなかった……。


「——申しわけございませんでした」

成瀬真知子は、職員室の戸口で、何度も頭を下げた。

美紀は、じっと黙って立っている。

「まあ、よく娘さんの行動に気を付けて下さい」

生活指導担当の、メガネをかけた口やかましい男の教師が、ジロジロと美紀を見る。

「充分に注意いたしますので……。美紀、あなたもお詫びしなさい」

母の言葉に、美紀はサッと顔を紅潮させた。真知子は目で娘に、「分ってるわよ」と言って見せた。——今は謝って。ともかく、この場は。

美紀は、何とか自分を抑えて、

「すみませんでした」

と、ひと言言って、頭を下げた……。

放課後の静かな校舎を歩きながら、

「――美紀。よく謝ったわね。分ってるわ、あんたの気持は」

と、真知子は言った。

「うん……。でも、悔しい」

美紀の目から、ポロッと大粒の涙が落ちた。

「泣かないの。お父さんが苛々してるからね」

「自分勝手だ！」

「そうね……。社長さんが代って、ますます面白くないことがふえるかもしれないけど、腹を立てないのよ」

「お父さんが何も言わなきゃ、私だって」

と、美紀は言った。「鞄（かばん）、取ってくる」

――成瀬が、娘と矢田悟との交際について、学校へ手紙を出したことで、今日、真知子は、呼び出されて来たのである。

真知子は、穏やかに暮れかけている校庭を眺めていた。

遠い日。――真知子も、好きな男の子の姿を遠くから見ているだけで胸ときめかせ、一晩眠れないことがあった。

今、美紀も恋を知る年ごろなのだ。――それを夫のように「非行」などと見ては可哀そうというものだ。

そんなことを言えば、真知子に手紙を出させている夫自身の方が、よほど人の道に外れている。そう言っては気の毒か。

あの人も変ってしまった。

真知子は、夫と結婚する決心をしたとき、自分がどんな気持でいたか、忘れてしまった。

一度は幸せだったはずだ。この人に一生ついて行こうと思ったはずだ。

でも、今の夫のどこに、自分の胸をときめかせてくれるものがあるだろう。

真知子の胸がキュッと絞るように痛んだ。

私は、なぜ生きているのだろう……。

「ごめん、待たせて」

と、美紀は言った。「お母さん。――どうかしたの?」

「何が?」

「涙が……」

真知子は自分でも気付かない内に、涙が頬を落ちていたことを知って、

「あら、いやね。どうしたのかしら」

と、ハンカチを出して拭う。「さ、帰りましょ。何か食べて行く？　どうせお父さん、遅いわ」

「うん」

美紀は、笑顔で肯いた。真知子は、それを見て、自分自身が救われたような気がして、ホッとした……。

22 借金

おかしいわ……。

平田充子は、苛々と時計を見やった。――約束の時間に、もう四十分も遅れている。

前川は、いつも遅れても十分以内だ。

「こういうホテルは二時間だ。十分でももったいない」

が、前川の口ぐせ。

いかにも、前川らしいと充子は笑うのだが――。

それが今日は四十分。電話の一本ぐらい、できないはずがないと思うのだが。

ベッドで引っくり返ってふてくされていると、ドアがノックされ、

「ごめん、僕だ」

と、前川の声。

「もう！　心配したじゃないの」

充子は、前川を中へ入れると、抱きついてキスしたが、

「――どうかしたの？　落ちつかないわね」

「うん……。まずいことになった」

前川は、上着を脱ぐと、ぐったりとソファに座り込んだ。

「どうしたのよ?」

「女房が……」

「奥さんに?　──ばれたの?」

「違う。金を借りていてね。知らなかったんだが、実家に頼まれて断り切れず、僕にも言えなかったんだ」

「それは分るわね」

「だが、返せなくてサラリーローンに手を出したんだよ。雪ダルマ式にふくらんで、一千万だ」

「一千万……」

「にっちもさっちも行かなくなって、今日、会社へローン会社から電話があって、初めて分ったんだ」

「まあ……」

「女房は泣いて詫びてたが……。あんまり責めると、出てっちまうかもしれない。怒っても、金ができるわけじゃないしね」

前川はネクタイを外し、ベッドへ充子を誘った。充子は、前川の腕の中に身をあずけ

ると、

「どうするの？」

と、訊いた。

「金のことか。――仕方ない。頭を下げて、待ってもらうよ」

「待ってくれるの？」

「どうかな……。最悪、夜逃げだな」

と、前川は笑った。「今日は時間がないからシャワー抜きで？」

「いいわよ、もちろん」

充子は急いで服を脱ぎ始めた……。


「冗談よね」

「――え？」

前川は少しウトウトしていたらしく、ハッとして、「時間は？」

「まだ二十分あるわ」

「そうか……」

充子は、毛布の下で裸の体を触れ合っていると、これを失うことが怖くなるのだった。

「まさか、どこかへ行っちゃうってこと、ないわよね」

「僕が？　そうだな。たぶん……。ま、取り立てが会社にでも来て、迷惑になったら辞めざるを得なくなる。次の仕事をどこで探すか、だね。金だって、返さなくていいってわけじゃないし」

「いやよ、そんな！　あなたにどこかへ行かれたら、私……」

「心配するなよ」

と、前川は充子の裸の肩をしっかりと抱いて、「君を泣かせやしない」

そして二人の唇が出合う。

「――私、何とか都合しましょうか」

と、充子は言った。

「君が？」

「母の――事故に補償金がK電機から出るわ。いくらになるのか、はっきりしないけど、何千万円かにはなるはずよ」

「ありがとう」

前川はしっかりと充子を抱いて、「気持だけで充分だ。そんなお金に手をつけたら、ばちが当るよ」

「そんなこと――」

「それに、まだ先の話じゃないか。この借金は二、三日中に何とかけりをつけないと、大変なことになるんだ」

前川は起き上って、「さて、仕度をしよう。――また連絡するから」

「ええ……」

「何だ、そんな顔して。元気出せよ」

前川は、素早く充子にキスして、バスルームへと消えた。

充子は、ベッドに起き上ったまま、ぼんやりと考え込んでいた。

前川がいなくなるかもしれない。――遊びのつもりだったはずなのに、失うかもしれないと思ったら、急に「離れたくない！」という思いがつのってくる。

一千万円……。今、とてもそんな貯金はない。

母も、保険に入ってはいたが、せいぜい三百万くらいのものだった。

一千万。――とんでもないことだろうか。でも、もし今前川がいなくなったら……。

前川がバスタオルで体を拭きながら出てくる。

「さ、急いで行かなきゃ。先方が時間にうるさいんだ」

と、服を着始める。

「ねえ。私、どこかで一千万円借りられないかしら？」

「え？」

「補償金が入ったところで、まとめて返せばいいわけでしょ。そんなに長くなるわけじやないし」

「だけど……。だめだよ。君とご主人の間がどうかなったら――」

「大丈夫よ。ね、そうさせて。私がそうしたいの」

前川は、ベッドの方へやってくると、

「ありがとう」

と、両手で充子の頬を挟んでキスした。「やさしいな、君は」

「でも、私なんか無収入なのに、借りられる？」

「僕が知ってる所がある。事情を納得してくれりゃ大丈夫さ」

「そう？　じゃ、これから――」

と言いかけて、「でも仕事ね」

「時間を変えてもらうよ」

前川は、急いで携帯電話を取り出したのだった……。


「――武藤」

はっきりしない声だが、それでも何とか聞き取ることはできた。

「はい、社長」

武藤は、片岡弥介のベッドのそばへ寄って、「何かご用ですか？」

「あいつは……やっとるか」

「英俊さんですか？　ご心配なく。ちゃんと社長業をつとめておいでです」

「そうか……」

弥介は息をついて、「すまんが……あいつを頼む」

「はい、承知しております」

「それと……」

「は？」

「万里……」

「万里子さんのことですね」

と、声を少し低くして、「奥様も、別に万里子さんにどうこうしようと思っておいでではないようです」

「あの子を……よこしてくれ」

「この病室へ、ですか？　しかし……」

「頼む」

弥介の手が、震えながら武藤の手に重なった。

「分りました。泣く子と病気の社長には勝てませんな」

と、武藤がニヤリと笑った。

弥介のことは「社長」としか呼べない。

武藤は椅子から立ち上って、

「ではまたうかがいます」

と会釈した。

広い個室の病室を出ようとして、

「——君か」

そこに立っていたのは、井上万里子のひかえめな姿だったのである。

23　秘密の約束

「ゆっくりできるんだろ？」

と、武藤は言って、成瀬にワインをすすめた。

「はあ……。どうも」

成瀬はやや緊張している。――武藤が本当に食事に誘ってくれたせいもあるが、もともと、こんな高級フランス料理の店に慣れていないのだ。

しかし、武藤はそんな成瀬の気持をちゃんと見てとっているようで、しばらくは雑談しながら、少しアルコールが回るのを待っていた。

「――ところで」

と、武藤は、食事がすんでデザートが出るときになって、話を変えた。「どうだね、社員の間では」

「はあ……」

「誰が言っているかは言わなくていい。どんな話が出ているか、聞きたい」

成瀬は赤ワインのグラスを空にすると、

「——辞めたい、と言っている者が何人もいます。それじゃ思う壺だから、と止めているんですが」

片岡英俊が社長になって、半月が過ぎた。

半月といっても、たった二週間だ。

しかし、その間に、英俊は対外的には、不良品の無料交換を中止し、ＴＶインタビューに、

「我が社に責任があるとは思っていない。文句があれば訴えて来い」

と言ってのけ、マスコミから批判を浴びた。

もちろん、英俊は抗議の声など無視している。

そして社内に対しても、

「楽をして給料が取れると思うな」

と言って、自分よりずっと年輩の社員たちに、「社外販売促進グループ」と称して、表で新製品のチラシ配りや実演をさせたのである。

十一月になって、もう風は冷たく、一日中外で立ちっ放しの仕事は、中年の体に応える。

何人か寝込んだ者もいて、辞表を出した者も二人いた。

「ともかく、やる気を失くしています。英俊さんにはついて行きたくないと言っている

者ばかりで」

「分るよ」

と、武藤は肯いた。

「武藤さん。――何とかならないんでしょうか。このままじゃ、K電機はどうかなってしまいます」

と、成瀬が訴えると、武藤はのんびりタバコに火を点けて、

「社長は英俊さんだ。あの人が社長でいる限りは、僕に口は出せないよ」

成瀬は、武藤が「社長でいる限りは」という言葉に、わずかに力を入れたことに気付いた。

「――手はある、ということですか」

「今すぐ、とはいかないがね。希望はある」

「というと?」

思わず身をのり出す成瀬に、

「落ちつけ。――一旦、とことん悪くならないと、状況は変らないものさ」

「はあ……」

「木下取締役の評判はどうだね?」

「――最悪です」

木下エリ子、英俊の「彼女」で、通っていたバーのママだった女が取締役だ。他の重役も面白いわけがない。

「そうだろう。その最悪の状況をしばらく我慢するんだ。そこから光が見えてくる」

「そうでしょうか……」

と、成瀬はため息をついた。「しかし、英俊さんは、あの女に何をさせる気ですか？」

今はまだ、昼ごろのんびり出て来て、会議で大欠伸をし、五時になると、さっさと帰ってしまう。

何もしていないから、まだ救われているようなものだ。

「近々、英俊さんは人事担当の取締役にするつもりだよ」

「人事……。あの女を、ですか！」

成瀬は、絶望的な気分になった。

「そこで、君に頼みだ。——ま、食べろよ」

デザートの皿が出て、武藤はシャーベットを一口食べて、「——旨い。これは旨いよ」

「はあ……。頼みとおっしゃると？」

「木下エリ子を取引業者にまだ紹介していない。英俊さんも気にしてるし、彼女からも文句を言われてるんだが、何しろ時間がない。そこでだ。——成瀬君。君、木下さんを、各業者に案内し、紹介して回る役をやってくれないか」

成瀬は唖然とした。

「そんな！　——ビルの守衛になれとでも言われた方がましですよ」

「本当にそう言われて、ましだと思えるかな？」

成瀬は詰った。

武藤はデザートをきれいに食べてしまうと、

「僕が君を推薦しとく。君は、連日の業者の接待に、木下エリ子のお守り役で同行すればいいんだ」

「どうして私が……」

「君だからこそ頼むんだ」

武藤は少し声をひそめて、「——木下エリ子に、うんとわがままを言わせる。マスコミが喜んで取り上げるくらいに、騒がせるんだ。その間に、僕は英俊さんが木下エリ子のマンションの費用や毛皮代まで、会社のお金で払っていたことを裏付ける証拠を集める」

成瀬が思わず座り直した。

「武藤さん——」

「やってくれるね。君が木下エリ子を油断させてくれれば、こっちもやりやすいんだ」

「それはもちろん……。でも、私にできますか」

もう成瀬は汗をかいている。

「やれるとも！　なあ、これで我が社が正常な状態に戻ったら、君は課長だ。もちろん、その先も期待してくれていい。――やってくれるね」

念を押されるまでもなかった。

「やらせていただきます！」

と、成瀬は頭を下げた。

「そう固くなるなよ」

と、武藤は笑った。「――さ、コーヒーでいいかい？」


「じゃ、今夜はこれで終り」

と、三年生が言って、ホッとした空気が流れる。

「お疲れさまでした」

一年生が後片付け。それはまあ、仕方のないことだ。

美紀は、掃除をしたりすることが嫌いでない。だから、こうして文化祭の準備で夜十時までみんなでワイワイやってから、せっせと片付けをやるのが結構楽しいのである。

「――成瀬さん」

と呼んだのは、三年生で、この英語部の副部長、秋津百合子（あきつゆりこ）である。

「はい」

美紀は急いで駆けて行った。

「まだ大分かかる？　少し時間くれると嬉しいんだけど」

「あ、もちろん――。あと二十分くらいで」

「十分で終らせて。大丈夫、後は他の子に任せて」

相手は三年生だ。逆らうわけにいかない。

「はい」

と、美紀は返事をした。

「ロッカールームにいるから」

と言って、秋津百合子は出て行った。

「――怖そうだね」

と、他の一年生の子が言った。

「でも美人だよね」

と、美紀は言った。

確かに、秋津百合子は大人のような落ちつきを感じさせる美人で、副部長といっても、事実上、英語部を動かしているのは、彼女だった。

「早く行きなよ。遅れるとまずいよ」

「でも――」

「大丈夫。ちゃんとやっとくから」

「ごめん！」

数人の一年生に手を合せて、美紀は急いで部室を出た。

十一月の中旬、美紀たちの高校は文化祭が近い。英語部といっても、今では「ミュージカル」をやらないとお客が来ない。

英語で歌うミュージカルの上演に向けて、毎日、遅くまで準備が続く。

一年生で、特別歌ができるわけでもない美紀は、小道具の係だった。それでも、充分に楽しい。

家へ帰って、父のグチを聞かされるより、こうして学校にいる方がずっと良かった。

確かに、父も大変なのだろう。特に、社長がけがをして倒れ、その息子が社長になってからは、父の顔に刻まれるしわも、いっそう深くなったようだ。

だからといって、美紀は父を許してはいない。ボーイフレンドだった矢田悟のことを学校へわざわざ告げ口し（そうとしか言えないやり方だった）、今は全く矢田からも連絡がない。

自分が叱られるのはいい。しかし、矢田の通っている高校へも、美紀とのことが知らされているはずで、そのせいで矢田に何か処分でもあったら、と思うと、気が気ではなかった。特に、矢田悟は高三で、大学受験を控える身だ。

しかし、調べようもなかったし、妙に動けば、状況を悪くするだけかもしれないと思って、我慢した。

許さない。お父さんのこと、一生許さないから！

「——失礼します」

ロッカールームへ入ると、美紀はびっくりして立ちすくんだ。

秋津百合子が、ベンチに腰をかけてタバコをふかしていたのである。

「——ドア、閉めて」

「あ、はい」

あわてて後ろ手に閉め、「遅くなりました」

「そう固くならないでよ」

と、秋津百合子は笑って、「一本どう？」

「いえ……。喫ったこと、ないので」

と、小声で言った。

「見かけ通りの真面目人間？」

「そんなこと……」

「でも、男の子と付き合ってて、先生から呼び出されたって？　やるじゃない」

「あれは……父の誤解なんです」

「すてきだものね、矢田悟さんって」

美紀はびっくりして、

「どうして矢田さんのこと――」

「私の情報網って、大したもんなのよ」

と、立ち上って美紀の方へやってくる。「向うの高校の英語部と交流があってね。それで情報が入って来たの。向うの高校でも、矢田さんって人気者だそうだから」

「あの――私のせいで、何か学校でまずいことになっていないでしょうか？」

「何も聞いてないわ。自分で訊けば？」

「でも――」

ドアの開く音がした。

美紀は、そこに矢田悟が立っているのを見て、幻を見ているのではないかと、信じられない思いだった……。

24 関係

外回りを終って、席に戻った平田がお茶を飲みながら一息ついていると、電話が鳴った。

「――はい、平田です」

「あ、今日は」

明るい声。――誰だっけ?

「お忘れ?」

と、笑みを含んだ声で、「井上万里子です」

「ああ! 思い出した。すみません」

「謝ることありませんわ」

と、万里子は言った。「この前は取材に応じて下さって、ありがとうございました。雑誌ができたらお送りします」

「ありがとう」

「それで、今日お電話したのは――」

と、万里子は少し改まった口調になって、「K電機の社長が交替して、息子さんが継ぎましたね」

「それで困ってるんですよ」

と、平田は、周囲をちょっと見回しながら言った。

今はもう五時を過ぎているので、ざわついて、平田の話を聞いている者もない。

「不良品の交換も中断。賠償にも応じない、と言い出しましてね」

「ひどいですね」

「前の社長が約束したと言っても、そんなのは無効だと言い放って。――どうにもなりません。訴訟になれば、こっちが面倒で音（ね）を上げると思ってるんでしょう」

「それで、どうなさるんですか？」

「まあ……。正直なところ、忙しい中で、その裁判に時間を取られるのは辛いです」

と、平田は言った。「しかし、考えたんです。確かに今は僕の所だけが被害者です。けれども、K電機があああいう風でいる限り、これからも被害者が出る可能性がある。いや、きっと出る、と思うんです」

「その通りですわ」

「ですから、何とか頑張ろうと……。ただ、支援して下さってる方々には申しわけないんですが、これは僕個人が訴えていくべきだと思って、あえて弁護士さんも全く関係のない人を選んだんです」

「支援団体の方から、何か苦情は？」

「面白くはなさそうでした。でも、僕がやる気を出したことで、喜んではいるんです。まあ、あまり自分らが正面に出るのもどうか、と思ったんでしょう」

「そうですか。でも良かったわ。平田さんの選択は正しかったと思いますよ」

と、井上万里子は言った。

「ありがとう」

平田は、何となくホッとした。「どうです？　一度食事でもしませんか」

向うもびっくりしたようだったが、平田自身も驚いた。

「よろしいんですか、そんなことして？」

と、万里子は笑って、「こちらは一向に構いませんけど」

「じゃ、ぜひ」

平田はホッとした。突然の思い付きで言ったことが、却ってスンナリと実現してしまう。そんなものかもしれない。

「じゃ、いつにしましょう？」

と、万里子は言った。

電話が鳴って、平田充子はギクリとして立ちすくんだ。

電話。――ただの電話じゃないの。何をびくびくしてるのよ。

自分の家で、かかってくる電話にびくつくなんて、そんな変なことって――。

「はい」

思い切って出ると、

「やあ、いてくれたね」

前川だ。充子はホッとした。出て良かった！

「仕事中？」

「うん。このところ忙しくてさ。君には何とお礼を言っていいか。本当に感謝してるよ」

「そんな……。大げさよ」

と言いつつ、充子は嬉しさに頬がカッと熱くなった。

「いや、大げさなんてことはないよ。その後――賠償金はちゃんと入ったのかい？」

「あ……。いえ、まだ。でも、大丈夫よ。ちゃんと入るから」

と、充子は言った。

「それならいいけど。気になってね。――その内、また会おう。いいだろ？」

「もちろんよ！」

つい、声が弾む。「いつなら会える？」

「うーん……。このところ忙しくてね」

と、前川は考え込んで、「来週またかけるよ。後半にはそっちの方へ行く用事があると思うんだ」

「そう。――無理をしないでね」

充子は、声に落胆の気持が出ないように努力した。

「それじゃ、今、外だから」

「ええ、気を付けて――」

もう、電話は切れていた。

充子は、受話器をそっと戻した。

どうして、「大丈夫」なんて言ってしまったんだろう？　それどころじゃないというのに。

――K電機は社長が替ってガラリと態度を変え、裁判に持ち込もうとしている。

充子はそれを知ったとき青くなった。

前川のために、その賠償金をあてにして、一千万円を借りていたからである。〈サラ金〉といっても、かなりの高利だ。何の担保もなしで、「その内お金が入るから」という口約束だけで借りたのだから、文句は言えない。

しかし、その金利を払うのに、貯金をおろしている状態だった。このさき、Ｋ電機から お金が入らなかったら、どうなるだろう？

裁判となれば、何か月、何年とかかるだろう。

考えただけでゾッとした。

「――しっかりして！」

と、自分を叱る。

前川のためにしたことだ。前川はあんなに感謝してくれているではないか。

何とか――何とかして、お金を返すのだ。

電話が、また鳴り出した。

今度こそ、催促の電話かもしれない。出るのはやめよう。

でも、何度もかけてくる。向うはそれが仕事なのだ。

こわごわ取ると、

「もしもし」

「前川さん。どうしたの？」

「急に時間ができたんだ。これから会えないか？」

「――もちろん！」

充子は、涙が溢れるのを感じた。前川を愛している。そう確信しながら。

25 救い

「何だか申しわけないな、僕の方が誘っといて」

と、平田は恐縮しながら言った。

「そんなこと。——ここは昔からのお友だちのお店なの。気にしないで」

と、井上万里子はワイングラスを取り上げた。「さ、乾杯しましょ」

「乾杯か。何に乾杯しますか」

「そりゃ、お互い、相手の未来に。だって、それより他にないでしょ?」

「それもそうだな。僕らは恋人同士ってわけでもないし、夫婦でもない。——口実なんかどうでもいいようなものですがね」

ともかく、グラスがチリンと音をたてて触れ合ったのである。

——パスタの店は、若いカップルでにぎわっていた。

「大丈夫。量の割に安くておいしいっていう店だから」

と、万里子は言った。「そうでなきゃ、若い人たちがこんなに集まらないわ」

「こういう店を知ってて、よく似合ってて。——羨(うらや)ましいね」

と、平田は言った。「――旨いワインだ」

「どうして羨しいの？」

「だって――クリーニング屋で洗濯物を集めて回ってたら、こんな店に来る機会なんて、まずないしね」

「奥さんと食事に出たりは？」

奥さん、と言われたとき、平田の顔に一瞬苦々しげなものが浮んだ。

「そんなこと、しないね。――さっきも電話したが、留守だ。どこで何をしてるのやら……」

万里子は、パンをちぎって食べながら、

「訊いちゃいけなかった？」

「いや、ちっとも。訊かれたからどうなるってもんでもないし」

前菜の生ハムが皿からはみ出るような大きさにスライスされて出て来た。

平田は、食べ始めると、自分でもびっくりするほどの勢いで食べてしまった。――食べることを「楽しむ」というのは、平田にとって新しい体験だった。

「おいしいね。――本当においしい」

「そんなに喜んで下さると嬉しいわ」

万里子は微笑んだ。

「井上さん――だっけ？　お客の名前ならすぐ憶えるのにな」

「こんな美人でも忘れちゃう？」

「顔とは関係ないんだ。お客だって、出してあるスーツやコートで憶えてる。歯医者が、顔で分らなくても、歯を見ると分る、っていうのと同じだ」

と、平田は楽しげに言って、「井上さんは、決った恋人がいるの？」

「あら、そんなこと訊かれるなんて思わなかった。――いるわよ、もちろん。いたって言うべきかな」

「別れた？」

「そうじゃないけど、あちらの都合でね。ずっと年輩の人だし」

平田は、ちょっと意外そうに、

「それは……家庭持ちの人？」

「ちょっと！　大きな声出さないで」

店が混んでいるので、大きな声でないと聞こえないのである。

「そういう話はもっと別の場所でしましょうよ」

「ごめん……。ちょっとびっくりしたもんだから」

――しかし、考えてみれば、ちゃんとその道のプロとして活躍している女性だ。男に頼る必要がないのなら、相手が妻子持ちでも、深刻になる必要はないわけだ。

平田は、小説やTVドラマの中でしかそんな女性を知らなかった。現に、目の前にこうして見ていると、少しも無理をしている様子がない。そのことが平田にとっては新鮮な驚きだった……。

「――そうジロジロ見ないで」

「や、失礼。わざと見てたわけじゃないんだ」

「いいの。見つめられるって、悪い気はしないわ」

と、万里子は言った。

二人は大いに食べ、かつ飲んだ。

食事がすんだときには、とてものこのまま話を打ち切るわけにいかない、という気分になっていた。

「――一杯、軽く飲みましょうか」

と、店を出て万里子が言うと、平田は返事もしなかった。

ごく当り前の様子で、二人は腕を絡め、互いに軽くもたれ合いながら、歩き出した……。

「――もう帰らないと」

平田充子は、ウトウトしてしまって、ふと気付くと、もう夜十時を回っているのを知って、びっくりした。

同じベッドで、もちろん前川も眠ってしまっていた。

「ああ……。よく寝た」

と、前川が伸びをする。

「呑気ね。仕事、いいの？」

と、充子は笑って、「シャワー、浴びてくるわね」

裸でベッドから出ると、バスルームへ入り、シャワーのコックをひねる。

――夫も今夜はどこかへ寄っているらしい。一応電話を入れてみたのだが、夫は出なかった。

言いわけは何とでもつく。夫は、それを疑う人でもない。

バスローブをはおってベッドの方へ戻ると、前川が重苦しい顔で天井へタバコの煙を輪にして吐き出していた。

「どうしたの？」

と、充子はベッドに腰をおろし、「あ、時間延長しとかないと」

「僕が電話しといたよ、フロントに」

「ありがとう。――でも、あなたも一旦会社へ戻るんでしょ？」

「そのつもりだったけど……」

「どうしたの？」

前川は、充子の腰を抱いた。「——ちょっと！　シャワー、浴びたばっかりよ」

と、充子が笑う。

「な、充子。君には本当に申しわけないことしたよ」

「お金のこと？　いいじゃない。役に立ったんだもの」

「ありがとう……。しかし、本当に返済は大丈夫なの？」

「ええ。心配しないで」

充子は、前川にキスして言った。

「ご主人にばれてないか？」

「何も知らない。大丈夫よ」

ともかく、今の楽しみを台なしにしたくなかったのだ。

「——実はね」

と、前川が言った。

「なあに？」

「いや……。心配かけたくないんだけどね。でも、黙ってるのもいやだし」

「言ってみて」

「実は——女房が出て行っちまった」

「まあ」

「借金のことで、責めたせいかな。だって、黙っちゃいられないさ。本来なら何の義理もない君が、ああして都合してくれているのに。女房に、『せめて働いて、少しずつでも返さなきゃ』と言ったんだ」

「私のこと、話したの？」

「いや。ある人から借りた、とだけ言った。でも、女房はむくれちまってね。——実家のために借りたんで、自分で遊んだわけじゃないって言うんだが、理屈じゃないよ。そうだろ」

「ええ……」

「会社も今、リストラで人を減らしてる。働くなんてむなしいって気がしてくるよ」

「あなたがクビになったら、私が稼いで食べさせてあげるわ」

と、充子は笑って言った。

もちろん、冗談だった。冗談のつもりだったのだが……。


「秋津さん、ありがとうございました」

と、美紀は改（あらた）まって頭を下げた。

「もういいわよ」

と、英語部の副部長は微笑んで、「あんまりお礼を言われると、こっちが照れちゃう」

帰り道。——短い時間ではあったが、矢田悟と会うことができて、美紀は救われたような思いだった。

少なくとも、自分のせいで矢田が学校から何か言われているわけではないことが分って、目に見えない「おもし」が取り除かれたような気がした。

「二人きりにしてあげれば良かったね」

と、秋津百合子が言った。「気がきかなくて、ごめん」

「そんなこと——」

「どうも鈍いの。男の子なんて面倒くさくて付き合う気にもなれないから」

と、笑う。

「秋津さん、美人なのに。——きっと美人すぎて、恐れなしちゃうんじゃないですか、男の子?」

秋津百合子はそれには答えず、

「あの矢田君とはどこまで?」

と訊いた。

「え?」

びっくりした。そんなことを訊かれるとは思ってもいなかったのだ。

「どこって、あの——」

「赤くなって。その様子じゃ、せいぜいキス止りかな」

「まだ高一ですもの」

「可愛いね」

と、急に立ち止ると、秋津百合子は美紀を抱き寄せた。

アッという間で、美紀には何が何やら分らなかった。気が付くと、美しい先輩の腕の中にいて、唇にその柔らかい唇を感じた。

——離れるまで、ほんの何秒かだろうか？　とんでもなく長く感じた。

「——びっくりした？」

と、秋津百合子は笑って、「あなた、可愛いわ。じゃ、また明日」

道を分れて、颯爽（さっそう）と歩いて行く、その後ろ姿を見送りながら、美紀はしばし呆気にとられて立ちすくんでいた……。

26 口紅

「ありがとうございました！」

女たちの甲高い声が車の後方へ去って行く。

ハイヤーが少し走ると、

「ちょっと停めて」

と、木下エリ子は運転手に声をかけた。

助手席にいた成瀬は、

「何かお忘れものですか」

と、振り向いた。

「違うの。成瀬さん、後ろへ来て」

「は……」

取締役にそう言われては仕方ない。成瀬は車を出て、後部席で木下エリ子と並んだ。

「マンションへいって」

と、木下エリ子が言った。

「お疲れでしょう、毎晩では」

と、成瀬は言った。

木下エリ子は笑って、

「疲れるだなんて！　――私、ああして、『社長さん、またいらしてね』って、毎晩やってたのよ。言われる方がどんなに楽なもんか、大いに味わってる」

「それならよろしいんですが……。明日はＫ運送の社長がぜひにと言っていまして。新橋の料亭です」

「あなたも大変ね、ずっと私のお守りじゃ」

「いいえ、とんでもない。いつもお相伴させていただいて。自分じゃとても行けない店ばかりですから」

「それは私も同じ。――ね、すぐ帰らなきゃならないの？」

「は……。いえ、別に」

もう夜中の一時である。明日のことを考えれば、帰りたいところだが。

「じゃ、ちょっと寄って行って。長くは引き止めないわ。二人で飲み直しましょうよ」

ハイヤーがマンションの前に着くと、木下エリ子は、

「待ってて。後でお宅まで乗って帰ればいいわ」

「ありがとうございます」

――いささか、まずいかなという思いもあった。何といっても、相手はまだ若い。三十一歳なのだ。

成瀬と二人きりになることに、何も特別感じてはいないようだが……。

立派なマンションである。――これも英俊が会社の金で買ったものかと思うと、腹が立つというより呆れてしまう。

会社の金は自分の金、というのが、ああいう人間の感覚だろう。

「――入って」

エリ子は部屋へ上ると、明かりを点けて、「すぐ戻るわ」

居間に残された成瀬は、ソファに座って息をついた。

――武藤に言われて、木下エリ子を取引業者に紹介して回るのも、もう一週間。

連日、接待されたり、したりのくり返しで、いささかばてて気味だった。

しかし、木下エリ子はさすがにホステスだったというだけあって、相手をリラックスさせてしまう腕はなかなかのものだ。一緒にいる成瀬は、あまりやることもなくて、退屈してしまうくらいだった。

もちろん、武藤に言われたことを忘れてはいない。こうしている間にも、英俊とエリ子は落し穴へ少しずつ近付いていているのだ。

その一方で――。認めたくはないが、「お供」としてついているだけの成瀬にしても、接待され、高い酒を好きなだけ飲んで、ペコペコ頭を下げられていると、いつしかいい気持になってくる。

怖いもんだ、と思った。

「――寛いでね」

と、エリ子が戻って来た。「何を飲む？　大方のものなら揃ってるわよ」

成瀬は、木下エリ子の格好にポカンとして、目が離せなかった。

肌の透き通ったネグリジェ――というわけじゃない。パジャマだ。それも、マンガのキャラクターのパジャマ。

化粧を落して、そんな格好になると、エリ子はまるで女子大生くらいに見えた。もともとふっくらと丸顔の、可愛い顔立ちである。

「――あ、あの――それじゃシーバスを」

と、成瀬はあわてて言った。「恐縮です」

「何言ってるの。私のお父さんくらいの年齢でしょ」

と、グラスを出して、ホームバーへ。

「お父さんってことはないと思いますが……。四十八です」

「うちの父は四十九よ」

と、エリ子は言った。「私、父が十八のときの子供だから」

「はあ……。お若いですな」

「今はどこにいるのか。母と私を捨てて姿を消しちゃった。——はい」

「どうも……」

グラスを受け取る。

「成瀬さんのこと、武藤さんが推薦してくれたときは、どんな調子のいい人が来るかと思ったわ」

「調子がいい……？」

「ご機嫌とりの上手な、営業マンかとね。でも、真面目人間ね」

「そんなことも……。いえ、至らない点はお詫びします。こんなことをやる柄じゃないので」

「あら、そんなこと言ってんじゃないのよ。あなたですってね、例の事故のとき、札束の入った菓子箱を落っことしたの」

「社長には、そのことで恨まれています」

と成瀬が言うと、エリ子は笑って、

「運が悪かったのよね。大丈夫。私が、よく言っとくわ。凄くいい人だって」

「ありがとうございます」

成瀬は汗をかいていた。

「——お子さんは?」

「娘が一人……。今、高一です」

「そう。じゃ、そのときはショックだったでしょうね」

「まあ……。色々、親に反抗する年ごろですし」

「そうね。大事にしてあげなきゃ」

「はあ」

まさか、木下エリ子からこんなことを言われようとは思わなかった。

グラスを空けると、

「——ごちそうになって」

と、立ち上る。

「止めないわ。奥様がお待ちでしょ」

「いえ、とっくに寝てます」

成瀬は笑って言うと、玄関へ出た。

「——成瀬さん」

と、エリ子は出て来て、「私、英俊さんに言われたとき、いやだって言ったのよ」

成瀬は靴をはいて、振り向いた。

「取締役だなんて……。私がやったんじゃ、みんな働く気なんて失せちゃうでしょ。バーなんかやってると、サラリーマンって疲れてるな、って思うの。忙しい疲れより、上役や同僚との関係の方がずっと辛いのね。分ってるから気が重いのよ」

突然、エリ子は成瀬の手を握って、「力になってね。私が迷ったときは、正直なことを言って。ね、お願い」

「は、はい……」

何とも言いようがない。握られた手を振り離すわけにもいかず、困っていると、いきなりエリ子が身をかがめて成瀬にキスした。

「──じゃ、明日またね」

高校生みたいな言い方をして──エリ子は成瀬が玄関から出て、エレベーターに乗るまで見送ってくれた。

エレベーターの中で一人になると、

「何だ……」

と呟き、ハンカチを唇に当てる。

白いハンカチに、薄く口紅の朱色がうつっていた。

27 抵抗

〈接待って何でしょう?

夫はゆうべも「接待だ」と言って、夜中に帰って来ました。

酔っているし、料亭の名刺は持っているし。確かに、接待だったのでしょう。でも、毎夜、毎夜それでは。

バーのホステスさんならともかく、男の人は、こんなことのために会社へ入るのでしょうか。

ぐちばかりですみません。つい、いつも書いてしまうのです。他にぐちを聞いてくれる人もないし。娘は文化祭が近くて、やはり夜遅く帰って来ます。むろん、夫ほどではありませんが。

奥様はいかがですか? 私の主人と会う機会が減って、ご不満ではないでしょうか。

皮肉な言い方をすれば、日本の会社は、くたびれ切るまで社員を働かせて、浮気する時間も持てないことで家庭の平和を守っていると言っていいかもしれませんね。

それでも〉

——真知子はペンを止めた。

何を書いてるんだろう、私？

夫は、平田が妻とうまく行かなくなる手紙を書けと言う。でも、その一方で、自分たち自身が、互いに理解しようともしないでいる。皮肉なものだ。

——平田は？　平田敬はどうしているだろう。

この手紙でどうかなったということはないだろうが、少なくとも妻の行動に疑いを持ってはいるかもしれない。

平田充子は、まだあの前川とかいう男と付き合いを続けているのだろうか？

それにしても、人間って妙なものだ。

チラッと見かけただけだが、あの前川という男、いかにも薄っぺらで信用できそうにない。真知子でさえそう思うのに、当の充子は気付かないらしい。

いや、人間誰しも、

「自分だけは大丈夫」

と思っているものなのだろう。

「——ただいま」

玄関で声がする。美紀だ。

真知子は、急いで書きかけの手紙を引出しにしまうと、

「今夜は少し早いのね」

と、立って行った。

「お腹空いた！　お風呂の前にご飯！」

これが、若さというものだ。

真知子は、美紀が文化祭の準備に夢中になっているのを見てホッとしていた。矢田悟との付き合いを父に禁じられて、ひどく傷ついていたので、真知子は心配していたのである。

「──順調なの？」

と、真知子がご飯をよそいながら訊く。

「何が？」

美紀は、食べながらも、ミュージカルの台本をテーブルの上で開いている。

「ミュージカルのことに決ってるでしょ」

「ああ。──うん、今、追い込み」

と、食べ始める。

「いいわねえ、若いときって」

「──うん？」

「何でもないわ」

真知子は時計を見て、「お母さんも食べちゃおうかな。どうせお父さんは接待でしょうし」

「そうだよ。お父さんなんて、放っときな」

「美紀……。そんなこと言わないで」

真知子が食べ始めると、美紀も台本を一旦閉じた。

——美紀には、いくらか母に申しわけないという思いがある。

もちろん、毎日ミュージカルの練習に大変なのは事実だが、三日に一度くらいは、矢田に会っていた。

副部長の秋津百合子が、うまく二人きりで会えるようにはからってくれているのだ。

ふしぎな人だ。——秋津百合子は何を考えているのか。どうして美紀にそう親切なのか……。

でも……。

母に、「順調なの？」と訊かれて、美紀は内心ヒヤリとしたのだ。

矢田と会えるのは、いつも一時間ほど。そのことが、却って二人の気持に火をつけた。

美紀が矢田に身を任せるまで、長くはかからなかったのである。

一度そうなってしまえば、会う度に、「時間がない」という思いにせかされて抱き合うことになる……。今夜もそうだった。

母は、まさか美紀が男と寝て来ているとは思ってもいないだろう。それを思うと、美紀の胸は痛んだ。

もうやめよう。せめて、矢田が大学に入り、こんな風にあわただしくでなく、もっと普通に付き合えるようになるまでは……。

いつも、そう思うのだ。帰宅して、母の顔を見る度に。

でも——でも、矢田と会うと、つい彼の胸に顔を埋め、そしてキスして……。そこで止めるというのは、とても不可能なことだった……。

美紀は怖かった。こんな風に、身も心も引きずり込まれていくような快感に捉えられたことはない。

美紀には、自分がどうなっていくのか、見当もつかなかった……。

机の電話が鳴る。

平田は仕事の手を休めて、電話を取った。

「はい。〈Sクリーニング〉です」

「平田さん?　井上万里子です」

「やあ、どうも」

平田はつい笑顔になる。「先日はごちそうになっちゃって……」

「とんでもない。まだお仕事で残ってらっしゃるかなと思って」

「まあ、いつもこれくらいまでは残ってるよ。もう、ほとんどの社員は帰ってしまってるんで、却ってはかどるんだ」

「そう。じゃ、今は何を話しても大丈夫？」

　平田は少し間を置いて、

「ええ」

　と、言った。「この間は——」

「待って」

　と、万里子は遮って、「謝ったりしないでね」

「井上さん——」

「万里子と呼んで」

「万里子さん。しかし、あの場合——」

「大げさな声、出さないで」

　と、万里子は笑った。「何も、一緒に寝たわけじゃないじゃありませんか」

「確かに、だけど……」

「キスだけなら、ご挨拶(あいさつ)代り。ね？」

「それはまあ……」

「高校生だってやってるわ」

と、万里子は言った。「きっと、あなたがそんな風に、ぐずぐず考えてらっしゃるだろうと思ったから、お電話したの」

平田は黙っていた。万里子は、

「――もしもし？　平田さん。怒ったの？」

「いいえ。だが、あれは『挨拶』だったのか」

「え？」

「あれは心のこもったものだった。違うか？　挨拶か、高校生が好奇心でするのとは違ってたんじゃないのか。もちろん――僕の考え違いかもしれないが」

と、一気に言って息をつく。

「平田さん……。ごめんなさい」

と、万里子が言った。「そうよ。もちろんあなたの言う通りよ。――ただ、何でもないことにしておかないと、あなたにご迷惑かと思って」

「迷惑なくらいなら、初めからしない」

言いながら、平田は自分のことを止められなくなった。「君のことが好きなんだ」

「酔ってないわね」

「酔って仕事できるか」

「そうよね。私……ありがとう。嬉しいわ」

「万里子さん」

「また……会える？」

「君さえ良ければ」

「会って……お食事する？」

「うん」

「それだけね？」

平田は、否定してほしい気持を、万里子のその声の中に見た。

「それは……僕にも分らない」

「奥様がいらっしゃるわ」

「家内には男がいる。分ってるんだ」

と、平田は言った。

「じゃ、直接聞いたの？」

「いいや。しかし分るんだ。僕には分ってる」

少したって、

「分ったわ」

と、万里子は言った。「あなたの気持が知りたかったの。私の頼れる人なんて、いないんですもの」

「万里子さん……」

「会ってね。そして抱きしめて、キスしてね」

万里子がたたみかけるように言った。

「ああ。――分った。いつ？」

「明日は？」

「いいよ」

平田は、約束をすると、電話を切って息をついた。――言ってしまった。良かったのか、これで？

充子への面当て、という気持も、全くなかったわけではない。しかし、やはり根っこには、万里子への思いがある。

それは本物だった。少なくとも、平田はそう信じていた。

電話が鳴り、平田は気を取り直して、

「――はい、〈Sクリーニング〉でございます」

と言った。「――平田は私ですが。どなた様ですか？　――え？」

平田の眉間に、次第に深くしわが刻まれていった。

28　逃走

「見ろよ！」

と、片岡英俊は机の上にバサッと封筒の束を出して見せた。

社長室の机の前に立った武藤は、その封筒に触れようとせず、

「これがどうしました？」

と言った。

「辞表だよ、辞表！　役にも立たないくせに、高い月給をふんだくってた連中さ。これで十六人。——人件費がどれだけ浮くと思う？」

英俊はご満悦で、両手を組み合せ、「親父にはできなかった。古い仲間のクビを切るなんてことはな。しかし、俺は関係ない！　そうだろ？」

「確かに」

「今どきそんな人情がらみのことをやってたんじゃ、経営なんてできやしない。役に立たない奴は切る。これが当り前さ」

武藤は、その十六通の辞表を見ていたが、

「全部受理されるんですか？」

「もちろんさ。どうしてだ？」

「二、三人は慰留された方が」

「なぜ？」

「辞めさせた、という印象を与えずにすみます。同じ業界で、たちまち話は広まりますし、特に今は平田のことで裁判中ですから、ここでマスコミに非難の口実を与えるのはうまくありません」

武藤に淡々と指摘されると、英俊の自信もしぼんでくる。

「――しかし、誰を残すんだ？」

「私にお任せいただけますか。数人ずつ、時期をずらして辞めてもらうように計らいましょう」

こう言われれば、英俊が喜ぶのを百も承知だ。

「うん。頼む」

と、ホッとした様子で、「エリ子は――取締役はいるかな」

「先ほど外出から戻られたようです」

「呼んでくれ。ああ、それと成瀬のことだけど」

「何か？　問題があれば、私の推薦です。すぐに交替させますが」

「いや、エリ子が喜んでる。とてもよくやってくれてる、と言ってな。あいつにも、一時辛く当ったことがある。俺がよろしく言ってたと伝えてくれ」

英俊としては、画期的な発言である。

「ああいう男には、言葉より現金です」

「現金？」

「一時金として、五十万ほどお包みになっては。経理上は何とでもします」

「五十万か……」

ケチな英俊は少し渋っていたが、ちょうど木下エリ子が入って来たのであわてて、

「武藤君。君、今の件、よろしくはからっといてくれ！」

と言った。

「――お邪魔？」

「いや、そんなわけないだろ？」

英俊は、武藤が出て行くと、早速エリ子の方へ立って行って抱き寄せた。

「仕事中よ」

と、エリ子は笑って言った。

「な、今夜、付き合えよ。いいだろ？」

「約束があるわ」

「構うもんか。成瀬の奴に謝らしときゃいい」

英俊は、エリ子に強引にキスしたのだった……。


平田充子は、前川を待って、もう三十分も駅前に立っていた。

おかしい。――前川の携帯電話にも、三回かけたが、スイッチが切ってあるらしい。

もう無理か。

遅くなり過ぎる。――充子は、このところ夫の様子がどこかおかしいと感じていた。

用心しよう。

充子は、諦めて戻りかけた。そこへ、

「待ってくれ！」

と、息を弾ませて、「悪かった！」

と、駆けつけてくる前川。

「何よ、どうしたの？」

「どうしようもなかったんだ」

と、前川は言って、「詳しく話のできる所へ行こう」

「だって――」

と、ためらいはするものの、自分だって前川に抱かれたいのだ。

　結局、前川について行く。

　そして……。

　三十分後、充子はホテルのベッドの中にいたが――。

「え？」

　充子は思わず訊き返していた。「今、何て言った？」

　前川は、じっと天井を見つめ、タバコの煙を吐き出した。

「前川さん……」

「辞めた」

「それって――会社を、ってこと？」

「うん」

　前川は、充子の裸の肩を抱き寄せると、「だから、これがもう最後だ」

「いや！　そんなこと言わないで」

　充子はすがりつくようにして、「あなたに会えないくらいなら、死んだ方がましよ！」

「おい……。死ぬことはない。君にはやさしい亭主がいる。そうだろ？」

「いやよ、あんな人。だって――あなたはどうするの？」

「ともかく東京を逃げないと」

　と、前川は言った。「君の所に何か来てないか？」

る。

「君とのことも知ってるらしくてね。誰か物好きな奴が会社へ言いつけたのさ」

仕事中に女と会っていた方が悪いのだが、そうは言わないのが前川らしいところである。

「ね、待って。二、三日待ってよ」

「どうするんだ？」

「一緒に行くわ」

――充子は、自分でもびっくりしていた。

夫との暮し。それを、こんなにアッサリと捨てられるのか。

「――本気かい？」

「ええ。だから、二、三日待って。片付けていかなきゃならないことがあるから」

前川は、充子にキスすると、

「ありがとう。君の気持は嬉しい。でも、一緒に行けば、苦労するのは目に見えてる。やめてくれ」

と、起き上る。「さ、もう帰った方がいい」

「でも……」

「すぐにも生活に困ることになる。どこで働くにしても、楽じゃないよ」

前川は、ベッドを出ると、「シャワーを浴びてくる」

と、バスルームへ入って行った。

充子は、しばらくじっと天井をにらみつけるように見ていたが、やがて起き上ると、手早く服を着た。

前川がバスルームから出てくると、

「何だ、もう仕度してたのか」

「お金があればいいのね」

「何だって？」

「とりあえず、どこかで落ち着くだけのお金があればいいでしょ？」

「しかし——」

「何とかして作る」

「君はもう一千万もの金を作ってくれた。これ以上——」

「黙って、私に好きなようにさせて」

と、充子は、まだ少し濡れている前川に抱きついて、「一緒に新しい生活を始めましょう！」

「充子……」

「三日間待って！　どこへ連絡すればいい？」

「じゃあ……ここへ電話してくれ」

と、メモに番号を書いて渡す。「友だちの所だ。三、四日なら置いてくれる」

「分ったわ」

充子はそのメモをしっかり握りしめると、

「信じて。何とかするから」

そう言って、小走りに部屋を出て行ったのだった。

29 発覚

「ただいま」

平田充子は、玄関を上って、「あなた？」

居間を覗くと、夫がソファに座っていた。

「遅くなって、ごめんなさい。すぐご飯にするわ。──食べて来たの？」

平田は返事をしない。

いつも、「ただいま」と言えば「お帰り」ぐらいは言ってくれる夫が、今日は妻の目を見ようともしない。──充子は、覚悟を決めるときが来たと悟った。

「待ってね」

と、充子は言った。「冷蔵庫に入れる物があるから」

台所へ行って、買って来たものをきちんとしまうと、充子は深く息をついて、居間へ入って行った。

ソファに腰をおろす。平田は、爆発しそうな自分を、必死でこらえている様子で、固く握りしめた拳は細かく震えていた。

充子は、夫が口を開くのを待った。

すると、平田はフッと息をついて体の力を抜くと、

「一千万円も、何につかったんだ」

と言った。

ローンの方からばれたのか。——充子は嘘をつくのに不器用な自分を、よく知っていた。

「会社へ電話があった」

「ごめんなさい」

「とても払えっこないだろう。放っとけば、毎日毎日、借金がふくれ上っていくだけだ。——どうしてだ？」

「お金が入ると思って……。お母さんへの賠償金が入るとあてにしてたの」

平田は初めて妻の顔を見た。

「——そういうことか。あてが外れたってわけだな」

平田は小さく首を振った。「借りて何をするつもりだったのか、教えてくれ」

「分ってるんでしょう？」

と、充子は訊いた。「男が困ってたんで、貸してやったのよ」

「男……。男か！」

「知ってたんでしょ」

嘘をついても仕方ない。充子は開き直っていた。自分でもびっくりするほど、度胸が据わって、平静だった。

「おかしいとは思ってたさ」

「出て行く？」

平田は充子を見た。

「――変ったな。別人のようだ」

「ええ、変ったわ。私、出て行きたいの」

「その男と行くのか」

「借金が残ってて、逃げなきゃならないの。私、一緒に行きたいの」

平田は、急にさめた表情になって、

「その男が言ったのか、逃げるから一緒に来てくれと」

「いいえ。私の方が、行きたいって言ったの。その人は、苦労するだけだから、やめろと言ったわ」

――充子。充子。お前はそこまで世の中が見えない女だったのか？

逃げなければならないような借金をしたうえ、しかも一千万という金を工面(くめん)させておいて、なおも一緒に行こうと言う――言わなくても、充子にそう言わせたのだ――男など、ろくでもない奴に決まっている。

それすら、今の充子には分らないのだ。

「行くなら行け」

と、平田は言った。「しかし、今の一千万の借金はどうするんだ」

充子は目を伏せて、

「申しわけないと思ってるわ」

「申しわけながっても、借金は消えない。どうする気だ」

「私……自分のお金は持って行きたいの。よそで新しい生活を始めるのに、どうしても少しは必要なの」

と、充子は訴えるように、「あなた……時間はかかるかもしれないけど、お母さんの賠償金、払ってもらえるでしょ？　それから一千万を払ってよ。私は一銭もいりませんから」

「いつのことか分らないんだぞ。それまで向うがおとなしく待ってくれると思うのか？」

充子は口をつぐんだ。むろん、充子にも答えようがないだろう。それは分っている。しかし、充子にとっても、そんな暮しが幸せなはずがない。

――二人の間に、長い沈黙があった。

「ともかく……」

と、言葉を押し出すように平田は言った。「少し頭を冷やして考えろ。俺は——」

何と言っていいのか分らない。

平田は立ち上って、

「風呂に入ってくる」

と言った。「晩飯の仕度を——もし、できたら、しといてくれ」

平田には予感があった。風呂から上ったとき、もう充子はいないだろう、という予感が……。


「これ」

黒木のぞみが、武藤の前に一枚の折りたたんだコピーを置いた。

武藤は、それを広げて、コピーされた三枚の名刺を見た。

「これは……」

「ゆうべ、遅くに英俊さんを訪ねてみえたのよ」

と、のぞみは言った。「何だか変だと思って。だって、夜中の一時ごろ、人を訪問する？　普通の仕事の話じゃないと思ったの。それで、先に名刺をいただいて、英俊さんを呼びに行くとき、コピーとっちゃった」

武藤はゆっくりと肯いて、

「偉いぞ」

と言った。

「このフランス料理くらいの値打はある？」

「大ありだ。いくら高いワインを飲んでもいい」

「やったね！」

のぞみが、パチンと指を鳴らしたので、武藤はふき出してしまった。

「――英俊さんと何を話してたかは分らないだろ？」

「早く寝ろって追っ払われちゃったの。ね、ますます怪しいでしょ」

「うん……」

オーダーをすませ、とりあえずシャンパングラスを触れ合せると、武藤は電話をかけに席を立った。

「――もしもし」

相手がつかまって、武藤はホッとした。

「武藤だ。面白いネタがある。――うん、小さな記事でいい。噂っていう程度で。それで充分さ。――たぶん、どこで聞いたか、当たってくる。誰が訊いてくるか、教えてくれ。――分ってる。損はさせないよ」

武藤は、チラッと周囲へ目をやって、

「K電機工業を、H電気が吸収合併しようとしてる。――うん、そうだ。水面下で、仲介役の銀行が動いてるんだ……」

向うが興奮しているのが分って、武藤はニヤリとした。

「――放っといてすまん」

オードブルの皿が来ていて、もう、のぞみはきれいに平らげていた。

「大事なお話?」

「君のおかげでね」

武藤は、のぞみを改めて見直した。――ただのお手伝いにしておくのは惜しい。よく頭の切れる子である。

「のぞみ君」

「うん?」

「どうだ。――君、僕の下で働く気はないか?」

のぞみはちょっと目を見開いて武藤を見ていたが、その内、声を上げて笑った。

「――何かおかしいかい」

「だって……。私のこと、口説いてるのかと思って」

武藤も笑ってしまった。

「――君は、愛人なんて立場はいやだろ」

「そうね。退屈しちゃいそう。いくら武藤さんがすてきでも、あと十年したら六十八でしょ」

「はっきり言うね」

「仕事しながら、好きな相手と恋を楽しんでるのがいいわ」

のぞみは、そう言って、

「ワイン、頼んでもいい？」

と訊いた。

30 崩壊

ここまで――ここまでするつもりではなかったのに。

井上万里子は、ベッドの中で平田敬と肌を触れ合いながら、深い後悔の思いに捉えられていた。

とうとう平田と寝てしまった。――万里子は、そのこと自体を悔んでいるわけではなかった。決して、意に反してのことではない。

平田のことを好いていたし、片岡弥介は入院して再起も危ぶまれている。平田に近付いたのは武藤の頼みではあるが、こうなったのは万里子自身の決断だ。

だが――平田の側にとってはどうか。

自分が、平田の家庭を破壊したのなら、それは「仕事」なのだろうか……。

「悪かった」

と、平田が万里子から少し離れて言った。

「どうして私に言うの？　私は独(ひと)りだし、自分でこうしたんですもの。悪かった、っていうのは奥様に対してでしょ」

「女房は出て行った」

万里子は思わず体を起した。平田はすぐに、

「君のせいじゃないよ」

と、付け加えて、一千万の借金のことを説明した。「——その男の所へ、ゆうべの内に行ったよ。自分名義の貯金を持って……。二、三百万かな」

「放っておくの?」

「仕方ない。止められないさ」

平田は、万里子の方を見て、「君とこうなったのが、いくらかはその苛々のせいかもしれないと思うと、君に申しわけなくて」

「そんなこと……。でも、借金の取り立てはまた来るでしょう」

「うん……。店にでも押しかけられたら、困ったことになる」

「——力になれるといいけど」

平田は微笑して、

「充分、なってくれてる」

と言うと、万里子にキスした。

そして、ホテルの部屋の中を見回し、

「最近は、こんなに洒落てるんだな、こういう所って」

と、笑った。

「そんなことより……。奥さんのこと、何とかしないと」

「いいんだ。大人だぜ、もう。どうしようもないよ」

平田は伸びをして、「君と会ってると、いやなことを何もかも忘れられる！　こんなに身軽な気持になったのは、久しぶりだ」

不安を先送りしての安らぎであることは、平田自身、承知だろう。借金のことも、妻のことも、いずれもこのまま放っておいて良くなる鼻風邪とはわけが違う。

万里子は、もう一度抱きしめてくる平田を拒もうとはしなかったが、頭は覚めて、様々な思いがめぐっていた……。


「社長」

と、武藤は声をかけた。

じっと目を閉じていた片岡弥介は、少しして目を開き、

「――お前か」

と言った。

武藤は一人、静かな病室の中、ベッドのわきに立っていた。

「いかがです」

「うん……。寝込んだら、一気にガタが来てな」

と、力なく笑う。「今、俺のことを『社長』と呼んだか」

「はい。私にとって、『社長』はあなたお一人です」

大したものだ。武藤は、すっかり老け込んで弱ってしまった弥介が、「社長」という言葉にちゃんと反応するのを見て、思った。

「俺はもう……」

と言いかけて、ゆっくりと武藤の方へ頭をめぐらせ、「何かあったのか」

「申しわけありません。私の目が充分行き届かず」

「何だ。言ってくれ」

「英俊さんですが、創業からの社員、十六人に辞表を出させました。人件費の節約とおっしゃって」

「あいつ……」

「それは何とか私が預らせていただきましたので、うまくやります。ただ、もう一つ——」

「何だ?」

「これが……。明日の朝刊に出る記事です。知り合いのライターが送ってくれました」

ポケットから出したファックスを開いて、弥介に見せる。

それを読んで、弥介の顔がサッと紅潮した。

「吸収合併だと？　どういうことだ！」

「調べてみましたが、時間がなくて……。ただ、M銀行がひそかに動いていて、英俊さんにも会っているらしいのです」

弥介は、じっと天井をにらみつけて、

「あいつ！　――どういうつもりだ！」

「落ちついて下さい。単にH電気の方から接触して来た、というだけかもしれません。細かいことは追って――」

「しかし、社長は英俊だ。はっきりしたときは手遅れかもしれん。K電機を人の手にやれるか！」

「私が何とかします。興奮されると、お体にさわります。――おっと、失礼します」

携帯電話が鳴り出した。病院の中では、切っておくべきだった。

「――もしもし。――君か。今、病室なんだ。かけ直す。――何だって？」

万里子だった。

「平田が一千万の借金の返済に困っています」

と、万里子は言った。「奥さんのこしらえた借金で、奥さんは家を出てしまいました」

「そうか」

「ですから、催促が勤め先にでも来たら、平田は大変なことになります」

「狙いどきだな。示談で、と持ちかけるか」

「その一千万だけで、すむかもしれません」

「よし、早速当たらせる。ご苦労さん。――社長と代るか？」

「いえ……。明日でもお見舞に伺います」

「そう伝えるよ。ご苦労さん」

武藤は電話を切って、ベッドの方を振り向き、「――社長。何をなさってるんです？」

弥介がベッドに起き上り、何とか下りようとしていた。

「いけません！　無理をなさっては！」

「俺が社長だ」

と、弥介は言った。「英俊の奴の好きにはさせん！」

実際、弥介は見違えるようにエネルギーが湧いて来ているようだった。

「ともかく今は――。医者と相談して……」

武藤はなだめすかして、何とか弥介をベッドへ寝かせた。

「武藤。――俺は許さん。合併など、認めんぞ」

「分っています」

武藤は汗を拭いて、「しかし、無茶なことを」

「無茶が俺のやり方だ」

と、弥介は言った。「その十六人、辞めさせるんじゃないぞ」

「分りました」

と、武藤は言った。


思いがけない時間だった。

文化祭間近で、ミュージカルの練習は連日休みなしだったのだが、今日は急に文化祭の実行委員会があって、練習は中止。

美紀はずいぶん早く、矢田との待ち合せの喫茶店に着いた。

今日は時間がある。——一度、二人でゆっくり話したかった。

少なくとも、会う度に矢田に抱かれてしまうことは避けたい。——美紀は怖くなっていた。まだ十六だ。こんなことになるのは早すぎる。

矢田も入試を控えている。会って、おしゃべりをするくらいの気晴らしはともかく、今のままでは良くない。

紅茶を飲みながら、矢田にどう話そうかと考えていた。

「——どうせまだ時間あるんだ」

聞き憶えのある声にハッとする。

　矢田だ。しかし、学校の友人らしい男の子たちと四人連れで、美紀は声をかけずに、目につかないよう座席の隅に寄った。

「――サンドイッチ」

　と、矢田が注文する。

「腹ごしらえか」

　と、他の男の子が笑って、「これから運動の時間だもんな」

「悪くないぞ」

「お前はいいさ。何しろもてるからな」

「そうだ。高校一年生相手にしてるなんて、羨しいよ」

　矢田は肩をすくめて、

「だけど、俺が初めての相手だからな、用心しないと怖いぜ」

　と言った。「そろそろ汐時(しおどき)かな。のめり込むだろ、女って。下手(へた)して自殺でもされたら、かなわねえもんな」

「ぜいたく言いやがって！」

　笑いが起る。

「経験豊富な矢田ならではのセリフだな。実感こもってるぜ」

「こりたからさ、この前のコンビニの子で」

「ああ、自宅まで押しかけて来たって？」

「うん。幸い、親父いなくて助かったけど」

「今度の女はどうなんだ？」

「そこまでいかない内に切るから大丈夫。そのタイミングさ、大切なのは」

と、矢田は言った。

――美紀は、まるでＴＶドラマでも見ているように、その会話を聞いていた……。

31　幸せな夜

「どうしたの」

その声に、美紀はハッとして、あわてて涙を拭った。

いつ入って来たのか、副部長、秋津百合子が立っていたのである。もう誰も学校には残っていないと思っていた美紀は、ロッカールームのベンチで一人泣いていたのだった。

「秋津さん……。すみません。いらしたんですか」

「実行委員会の後、何人か残ってしゃべってたら、遅くなったの。――ああ、大丈夫。もう他にはいないわ」

と、秋津百合子は言って、「座って。――どうしたの、一体？」

ベンチにもう一度腰をおろすと、美紀は泣くまいと決心して、

「あの……大したことじゃないんです」

と言った。「矢田さんが……」

「あの人？　ケンカでもしたの？」

並んで座ると、百合子は、美紀の肩に手を回した。「私が会わせたんだものね。何か

あったら責任感じるわ」

「そんな……。私が馬鹿だったんです。あんな人だなんて……」

思い出すと悔しくて、美紀はまたこらえきれずに泣き出してしまった。

「話してごらんなさい」

百合子の声は、まるで母親のような暖かさに溢れていた。

「ええ……」

話したところで、どうにもならない。

そう分っていても、美紀は口を開かずにはいられなかった。

たまたま早めに着いた、待ち合せの喫茶店で聞いてしまった、矢田の本音。ただ遊ばれただけだったと知ったショック……。

「悔しいでしょうね。——泣いていいのよ」

と、百合子は言った。

「いいえ、もう……大丈夫です」

クシャクシャになったハンカチで、涙を拭う。「どうしてこんなに水分があるんだろ……」

「美紀さん。私も知らなかったのよ。矢田君がもてるってことは知ってたけど、まさかそんなひどい男だったなんて」

「もういいんです。――きっと、今日は待ち惚けで、腹立てて帰ってるでしょう」

「男って勝手ね」

「そうですね」

「私はね、女の子が好きなの」

と、百合子が言った。「女同士でなきゃ分らない、痛みや楽しみがある。違う？」

「分ります」

「男なんて、ただの『道具』。それも大して役に立たない道具よ」

その言い方を聞いて、美紀はつい笑ってしまった。

「そうそう。あなたは笑顔が可愛いの」

百合子はそう言うと、美紀の頬に唇をつけた。

「秋津さん……」

「憶えてる？　一度あなたにキスしたこと」

「ええ……。びっくりしました」

「私、怖かった」

「え？」

「あなたに嫌われたらどうしよう、って。口もきいてくれなくなるかも、って」

「そんなこと……」

「もう一度、してもいい？」

美紀は小さく肯いた。

百合子の唇が触れてくると、美紀はそのやさしさにうっとりとして目を閉じた。力が抜けて、百合子の腕の中へ溶けてしまうように抱かれている。

矢田に抱かれているときの、身のすくむような気分、好きな相手ではあっても、矢田の手は乱暴で、時に美紀を怯えさせた。

でも——今は違う。

百合子の唇が首筋をなぞると、美紀はゾクッとして、思わず自分から百合子に抱きついていた。

百合子は美紀を静かにベンチに寝かせると、微笑みながら両手で美紀の顔を挟んだ。

美紀は目を閉じて、そのまま眠ってしまいそうな気がした……。

成瀬は、玄関を入ると、

「ただいま」

と言った。

返事は期待していない。また夜中の十二時を回っているのだ。

このところ、真知子も呆れて、心配もしていない様子だ。むろん、美紀は相手にもしてくれない。

俺が――遊んで帰って来る、とでも思ってるのか。接待、接待で、食いたくもない料理を食い、飲んでも酔えない酒を飲んで帰ってくるのを、分っちゃいないのだ……。

居間は真暗だった。

畜生！　明かりぐらいつけとけ！

やけ気味にコートを投げて明かりをつけると――。

「おめでとう！」

と、美紀が言った。

成瀬は呆気に取られて、真知子がローソクの炎が揺れるケーキを手に入ってくるのを見ていた。

「お誕生日おめでとう、あなた！」

「――誕生日？」

「ほらね」

と、美紀が笑って、「お父さん、絶対に忘れてるって言ったでしょ！」

「あなた、自分の誕生日ぐらい、憶えといてね」

「俺の……誕生日か。そうか」

「待ってたのよ、ずっと。さ、この火を吹き消して。それからお風呂へ入って、その後にしましょ、乾杯は」

「真知子……」

　成瀬は胸が熱くなった。

「待って！　カメラ、カメラ！」

　美紀は、コンパクトカメラを手に、「はい、火を消して。シャッター切るから」

「よし！　一吹きできれいに消すぞ」

「ちゃんとネクタイ、締め直して！　――そうそう。お母さんも入って」

「――こう？」

「そうよ。はい、いいわよ！」

　成瀬は思い切り息を吸い込み、一気にローソクの火を吹き消したが――。どうしても全部は消えない。

「――だめだ！」

　と、喘ぎながら座り込むと、真知子が代って残った火を消した。

　美紀は何度もシャッターを切って、

「はい、仕上りを楽しみに！　ケーキ、先に食べていい？　明日も学校あるんだもん」

「美紀、そんなのおかしいわよ」

「いいさ。先に食べて、寝ろ。明日遅刻しちゃ大変だ」

「でも……いいか。じゃ、お父さん、十分でお風呂出てね！」

「よし、見てろ！」

成瀬は服を凄い勢いで脱ぎ捨てながら、風呂場へ駆けて行った……。


「——真知子」

成瀬は、紅茶を飲みながら言った。「気をつかわせて、すまん」

真知子はケーキを食べながら、

「言い出したのは美紀よ」

「美紀が？　しかし、あいつ——」

「娘は娘、でしょ。今夜、ケーキ抱えて帰って来て、『お父さんの誕生日だよ！』ですって」

「何を考えてるのか分らんな」

と、成瀬は笑った。

もう美紀は眠っている。

「あなた。——無理しないでね。毎晩、毎晩お仕事でしょうけど、倒れたら、それこそ……」

「分ってる。だが、今は大事な時なんだ。心配してくれるのは嬉しいけどな……。大丈夫。前とは違う。俺は、今、やりがいのあることをしてるんだ」

「それならいいけど——」

と言いかけて、真知子は口ごもった。

「何だ？」

「いいえ。早く寝た方がいいわ、あなた」

「うん……」

真知子は、もう手紙を書きたくない、と言おうとしたのだ。

平田あての手紙である。

しかし、今は言いたくなかった。せっかく、暖かい気持でいる、この瞬間を、台なしにしたくはなかったのだ……。

でも——真知子にも、ふしぎだった。

どうして美紀があんなにご機嫌だったのかしら？

32 動揺

「おはよう」

と、成瀬が声をかけると、真知子は台所に立ったまま、

「早く食べないと遅刻よ」

と言った。

「美紀は？」

「文化祭間近だし、もう行ったわ」

「そうか」

成瀬は、もうひげも当って、さっぱりした顔をしていた。「腹が減った。遅刻しても
いいから、しっかり朝飯を食べていくぞ」

「呆れた人」

と、真知子は笑って、「じゃ、お魚でも焼きましょうか？」

「そうしてくれ」

——三、四時間しか眠っていないのだが、少しも寝不足の気分ではない。ぐっすりと

深く眠ったのだろう。

ゆうべ、成瀬は遅い時間だったが真知子を抱いた。もうずいぶん間が空いていて、少し不安だったが、何の気まずさもなく、成瀬も真知子も充分に時を忘れた……。

そうだ。人生にはこんな楽しさもあったのだ、と成瀬は今さらのように思った。

新聞を広げて、

「美紀の文化祭が終ったら、三人で温泉にでも行くか」

と、成瀬が言うと、

「急に家庭的になって」

と、真知子は笑って、「美紀はすぐ期末テストよ。暮れの方がいいわ」

「暮れか。――正月休みを少し早く取ろうか。なあ？　あんまり混雑してても、疲れるし」

「当てにしないで待ってるわ」

焼いた魚を皿へ移し、テーブルへ出すと、成瀬はびっくりするような勢いで食べ出した。

「――あら、これ、〈K電機〉の記事だわ」

代って新聞を広げて眺めていた真知子が、それを先に見付けた。「あなた……。〈K電機をH電気が吸収合併〉ですって」

成瀬は食事の手を止めて、

「――馬鹿言え」

と、真知子の手から新聞を受け取る。

大きな記事ではなかったが、その活字は成瀬の目に飛び込んで来た。〈吸収合併〉

――〈吸収合併〉だって？

「噂……でしょ？　そんな風に――」

「当り前だ！　こんなの……でたらめだ！」

食欲など吹っ飛んでしまった。

成瀬は立ち上ると、

「出かける！」

と、ひと言、上着をつかんで、玄関へ飛び出して行った。


「平田さん……」

事務の女の子が怯えた様子で駆けて来た。

ちょうど洗濯物の集配が一段落して戻った平田は、車を降りたところだった。

「どうした？」

「何か変な人が二人……」

すぐに分った。——来たか。

見るからにヤクザ風の二人組が、店の前をふさぐように立っている。わざと目立つことで、相手をおどしているのだ。

「——平田です」

と、男たちへ頭を下げ、「すみませんが、ここはお客様の出入口です。お話でしたら、他で——」

「用は分ってんだろ」

と、一人が言った。

「はあ。妻が借金を——」

「返してもらわんと、こっちも困るんでね」

「申しわけありません。私も、ずっと知らずにいて……。妻は行方が分りません。いえ、必ずお返しします。ただ……もう少し待って下さい」

言いながら冷汗が出てくる。——殴られるかもしれない、と思うと、膝が震える。そういうことには無縁だった平田である。

「『もう少し』じゃ、こっちも困るんだよ。いつ払うのか、はっきりさせてくれないとな」

「それは……。K電機から賠償金が入ることになっています。それが入りましたら、すぐにでも……」

「何だ、そのK電機ってのは」

「知ってるぜ」

と、もう一人が言った。「洗濯機が欠陥商品で、ばあさんが一人感電死したんだ」

「妻の母でした。今、K電機と交渉中で……。もう少し待って下さい」

「ふん……」

と、鼻を鳴らし、「でたらめでもなさそうだな。――よし、三日したらまた来るぜ。せめて半分は用意しとけよ。俺たちは優しいから、それで待ってやるんだ」

「よろしくお願いします」

男たちが行ってしまうと、平田は、背中にもじっとりと汗をかいていた。――目の前に「暴力」を見ることとは、想像以上の恐怖だった。

「平田さん……。真っ青ですよ」

と、女の子が心配してくれる。

「うん……。君、今のこと、黙っててくれ」

無理なことだろうが、そう言わないわけにいかなかった。

「ええ。――奥さん、いなくなっちゃったんですか？」

「そうなんだ」

ここは「哀れな被害者」を強調しておこう。平田はそう思った。

しかし——三日たてば、あいつらはまたやってくる。

今から裁判に持ち込もうとしているのだ。この先、どれくらいかかるか……。

とりあえず今日はしのいだものの、次はどうしていいのか、見当もつかない平田だった。


「誰がこんなことをしやがった！」

片岡英俊は、自分の机の上の物を手当りしだいに放り投げそうな——むろん、本当にはやらないが——怒り方だった。

「大方、M銀行から洩れたのでしょう」

武藤は相変らず無表情で、「それはともかく、社内で大騒ぎになっています。社員を集めてご説明を——」

「必要ない！　——君がやれ。君はこういうときのためにいるんだろ」

武藤はかすかに苦笑した。

「社長。本当にM銀行とお会いになったんですか」

英俊は、少しの間渋い顔で黙っていたが、

「——会ったよ」

「H電気の意向で？」

「いや……。融資の件だ。そりゃ、M銀行はH電気のメインバンクだけど、俺が会っちゃいかんってことはないだろ！」

「もちろんです」

武藤は、英俊が記事の通りの話し合いをしたのだと察した。

「畜生！　つまらないことを言い出す奴がいるもんだ」

「まあ、根も葉もない噂なら、じきに消えます」

と、武藤はおっとりと言った。「社員には私から話しましょう」

「すまん！　頼むよ」

英俊はホッとした様子。

「問題は、お父様がお知りになったら、どう思われるか、です」

英俊が青ざめた。

「親父……知ってるかな？」

「さあ。――私、今日帰りにお寄りしてみましょう」

「頼む！　何とかごまかしといてくれ」

「ですが、本当のことを打ち明けて下さらないと、私もお力になれません」

「分ってる」

「合併の話はなさってないのですね？」

「うん」

「――分りました」

武藤は立ち上った。

社長室を出ると、木下エリ子が立っていた。

「英俊さんは何て？」

と、エリ子は真顔で訊いた。

「記事を否定されました」

「あなた、信じる？」

「私は副社長ですから」

「返事になってないわね」

「社長に対しては、『かしこまりました』という返事しかありません」

エリ子は、ちょっとため息をついて、

「武藤さん。――私も、少しは社員の生活を心配しているんです。本当です。自分が貧しかったから、明日の分らない暮しが、どんなに辛いか、よく分るの」

「――全社員を集めて話をしますので。失礼します」

武藤は、エリ子へ会釈して立ち去った。

エリ子は、少しその場に立っていたが、やがてノックもせずに、社長室へと入って行った。

33 署名

三日。——三日間で人は何ができるだろう。

平田は、家へ帰る足どりも重く、その道のりは果てしなく遠いように感じられた。

三日したらまた来る、と奴らは言った。

明日になれば、それはもう「二日」になってしまうのだ。——一千万円。

そんな金を、どうやって作ればいいのだろう？

どこかから借りる？　誰がそんな大金を貸してくれるものか。友だちだって親戚だって、平田に入る補償金をあてにしている連中はいても、貸してやろうという物好きはいない。

平田は、初めて「逃げる」ということを考えた。

考えながら、笑ってしまう。充子が逃げて、平田が逃げる。夫婦が別々に「夜逃げ」？

——これじゃ、喜劇だ！

逃げてどうするのか。何をして生きていくのか……。

夜道は、もう冬の風が吹き抜けて寒い。――十一月も下旬に入るところだ。

この寒空で、充子はどうしているのだろう。

妙なことだが、充子のせいで追い詰められ、こんな状況になってしまっているというのに、平田は妻に対して怒る気を失くしていた。

追い詰められた充子の気持。逃げるしかなかった、その辛さが、身にしみて分るようだった。――むろん、男と逃げた充子と立場は違うが、それでも今、平田はどこかの町で、仕事を探して歩き回っているかもしれない充子のことが、気にかかった……。

「――平田さん」

自宅の少し手前の道に、井上万里子が立っていた。

「君……。そんな寒い所で……」

「大変だったんでしょ」

と、万里子は訊いた。

「――どうして知ってる」

「あなたの店の事務の子に聞いたわ。電話したら、あなた、もう帰った後で」

「そうか……。おしゃべりだな」

「仕方ないわよ。他人の不幸は面白いわ」

万里子は少し伸び上って、平田にキスした。

平田は、力一杯万里子を抱きしめたが、

「──待って、待って」

万里子は平田を押し戻して、「今は、現実的になりましょう。一千万、三日で返せって言われたって？」

「ああ。三日でも三か月でも、返せなきゃ同じことだけどな」

と、平田は肩をすくめた。

「会ってほしい人がいるの」

「──誰？」

「一緒に来て」

万里子は、通りがかったタクシーを停めた。


ドアが開くと、見憶えのある顔が、平田を出迎えた。

「私をご記憶ですか」

「K電機の副社長さんですね。確か……」

「武藤です。──どうぞ」

平田は戸惑いながら、ホテルの一室へ入った。

「おかけ下さい」

武藤は平田にソファをすすめると、「万里子さん。あなたも」

万里子は黙って首を振ると、部屋の隅に立った。

「——お話というのは？」

と、平田が訊くと、

「むしろ、あなたの方からお話があるのでは？」

と、武藤は言った。

平田は万里子の方を見て、

「君が話したのか」

「彼女は、あなたのことを心配して、話してくれたのです」

と、武藤は言った。「一千万の金を三日以内。——心当りはおありですか」

平田は黙っていた。強がったところで、仕方ない。

「いかがです。Ｋ電機と、手を打ちませんか。一千万、明日にでもご用意させていただきますよ」

平田は、拒みようがない申し出と分っていても、すぐに肯くことはできなかった。

「あの社長さんが、ＯＫしますか」

「それくらいのことは、副社長の権限でできます。もちろん、交換条件として、Ｋ電機への訴えは取り下げていただきますが」

平田は無言だった。——武藤は、内ポケットから取り出した紙をテーブルへ広げ、

「覚書です。これ自体に法的な拘束力はありませんが、マスコミに対しては充分使える」

ボールペンを置いて、「——サインを」

平田は、万里子の方を見た。万里子は目を伏せている。

あの連中が、また店へやって来たら……。

今度こそ、平田も店にいられなくなるだろう。殴られ、けられ、という暴力を想像すると、平田は身震いした。

ボールペンを取って、サインする。

「——結構。一千万は明日、小切手でお渡しします。万里子さん、届けてもらえますね」

「ええ」

平田は、万里子の答え方に、武藤と元々の知り合いだったらしい、と察した。

武藤は、平田の視線を楽しげに眺めて、

「井上万里子さんは、元K電機に勤めていましてね」

と言った。

「君が……」

「片岡弥介前社長の愛人でもありました。――今は誰を愛しているのか、知りませんが」

平田の顔から、血の気がひいた。

「――私は今でも、社長の愛人です」

と、万里子は言った。

「そうかな？　まあいい。前社長がもう女を抱くことはあるまい」

武藤は、座り直すと、「ところで、平田さん」

「――何です」

「これで我々は敵同士ではなくなった。いや、むしろ今、共通の敵が社長の椅子に座っています」

平田は困惑した。

「あの、息子さんのことですか」

「全く無能な、厄介な子供に過ぎません」

と、あっさりと言って、「K電機のためにも、あの人は百害あって一利なし、という人物です」

「――それで？」

「あなたに力を貸していただきたい」

武藤の言葉にも、平田はそう驚かなかった。もう、驚くことは充分すぎるほどあった。

「私が何を……」

「力になって下されば、補償金一千万を、五割上積みしましょう。借金を返済しても、五百万、残る」

武藤は、平田がサインした覚書をたたんでポケットへ入れると、立ち上って、「万里子さんとご相談下さい。——平田さんを、ぜひ味方につけて下さいよ」

武藤は、部屋を出ようとして、

「ここの払いは、もう済ませてあります。念のため」

と言って、微笑んだ……。

——平田は、万里子と二人で残されると、

「君はひどい」

と言った。

「分ってるわ」

「僕は、何もかも——自分の一番弱い所を、君に話したのに……。僕を騙(だま)してたんだな！」

「殴ってもいいわ。絞め殺しても。——でも、あなたと寝たのは、私の役目じゃなかったの」

「武藤にどう報告したんだ？　僕とどうやって愛し合ったか、説明したのか」

「何も言ってないわ。本当よ。でも——あの人は頭がいい。察しているでしょう」

平田は立ち上ると、万里子の方へ歩み寄った。

万里子が、目を上げて平田を真直ぐ見る。

平田の手が上って、万里子の頰を打った。しかし、当る直前、力が抜けて、軽く触れるだけで終った。

「女を殴るなんて……できない」

と、平田は言った。「女房でさえ、殴らなかった」

「いい人なのよ。あなたはやさしい人なの……。ごめんなさい」

万里子は頭を下げると、ドアの方へ歩き出した。

平田は立ちすくんでいたが、万里子がドアのノブに手をかけると、走り寄って、背後から万里子を抱きしめた。

二人は唇を押し付け合い、そのままベッドまで移動して行った。

無言のままで、二人は怒りをぶつけるように激しく、愛し合った……。

34　文化祭

音楽が高らかに鳴って、コーラスが盛り上る。

英語の歌詞を、高校生が何十人もで歌っているのだから、何を言っているのか、誰も聞き取れやしないのだが、ともかく大熱演のミュージカルは終りを迎えたのだ。

感動と興奮——たぶん、観客よりも出演している方が上回っていた——のステージは、大きな拍手の内に幕が下りた。

「——良かったじゃないか」

と、立ち上って、混み合った通路をノロノロと辿りながら、成瀬は言った。

「そうね。美紀も二年生になったら、舞台に出るかもしれないって言ってたわ」

真知子は、顔見知りの母親と、「——あ、どうも」

と、会釈し合った。

こんなとき、父親はどうしていいか分らない。適当に会釈しても、母親同士の話に入ってはいけない。

講堂のロビーへ出ると、

「あなた、ちょっと、待ってて」

と、真知子が言って、何人かの女性たちの方へ行ってしまった。

成瀬はロビーの隅に行って、一息ついた。

文化祭の日曜日。——美紀が、小道具の係ではあるが、頑張ったステージを見に来たのである。

日曜日なので、父親の姿も目につく。——とはいえ、そこには、普段忙しくて何もしてやれないという後ろめたさが覗いて見えるような気がしたのは、自分を人にも当てはめてのことか。

成瀬が、大欠伸していると、

「——成瀬さん」

と、女の声がした。

「は?」

振り向いた成瀬は、すぐにはそれが誰なのか分らなかった。

「あなたも見違えちゃうわ。背広でないと」

と、取締役は笑って言った。

「失礼しました!」

と、成瀬はあわてて頭を下げる。

「いいの。やめてよ」

と、木下エリ子は急いで言った。

エリ子の方も、明るいパンツ姿にセーターで、ほとんど化粧もしていないので、女子大生でも通りそうだ。

「あの……今日はどうして――」

「もちろん、お嬢さんのミュージカルを見に来たのよ」

「それは……ありがとうございます。しかし、娘は小道具係で――」

「すてきじゃないの。私、そういう裏方の仕事って大好きよ」

エリ子は明るく微笑んでいる。

「――会社とは別人のようですね」

と言ってしまって、「失礼しました」

「正直なのが、あなたの取り柄ね」

「恐れ入ります」

成瀬は汗をかいていた。

「奥様は？」

「ええ、今、何だか顔見知りの奥さんと……」

と、成瀬が言いかけると、

「お父さん！」

と、弾むような声が飛んで来た。

「美紀。ご苦労だったな」

「どうだった？　良かったでしょ！」

まだ興奮しているのだろう。声が上ずっている。

「ね、お父さん。副部長の秋津百合子さん」

と、美紀が紹介したのは、主役をつとめた女の子だった。

「初めまして」

びっくりするほどの美少女である。しかも、落ちついていて、大人びた雰囲気があった。

「こりゃどうも。――娘がいつもお世話になって」

「とんでもない。美紀さん、本当によく頑張ってくれています」

と、秋津百合子は言った。

「お父さん……」

美紀が、そばにいる木下エリ子の方をふしぎそうに眺めた。

「あ、うちの娘です！　こちら、取締役の木下エリ子さんだ」

美紀の方もびっくりして

「父がいつもお世話になっています！」

と言ったのだった……。

——美紀が、秋津百合子と一緒に他の子の方へ行ってしまうと、

「美人ね」

と、エリ子が言った。

「そうですね。女優にでもなりそうだ」

「ちょっと、ふしぎな雰囲気の子だわ」

エリ子は、ふと我に返ったように、「——成瀬さん。みんな、少しは落ちついた？」

と、小声になる。

「合併の話ですか」

「ええ」

「みんな口に出しません。禁句みたいになっています」

「困ったものね」

と、エリ子はため息をついて、「私もしつこいくらい訊いてみたけど、あの人、すぐカッとなって怒鳴るの」

「やはり——」

「少なくとも、その話し合いがあったのは事実だと思うわ」

「でも、私、やめさせるために、できるだけのことをするわ。本当よ」

「そうですか」

「分っています」

成瀬は、エリ子のことを見直した。――自分から英俊にねだって、取締役になったのだと思っていたが、そうではないのだ。

今でも、社員のほとんどは、エリ子を嫌っているが。

「じゃあ、私、これで」

と、エリ子が言った。

「あ、家内が――」

真知子が急ぎ足でやって来た。

「あなた、ちょっと……」

「真知子、こちら、取締役の木下さんだ。わざわざ美紀の舞台を見に来て下さったんだ」

真知子は夫から彼女のことを聞いているので、びっくりして挨拶をした。

「今、美紀が来たが、行っちまった」

「私、他の奥さんたちと、ちょっとお茶を飲んで帰るわ。あなた、先に帰ってて」

「そうか。じゃ、木下さんをお送りしてから帰る」

真知子が、そそくさと行ってしまうと、成瀬は、

「いやはや、失礼をして……」

「元気な奥様じゃないの」

と、エリ子は言った。

「真知子ですか。四十……三です、確か」

「とてもお若いわ。ひと回りも年上なんて、見えないわ」

「喜ぶでしょう、それを聞けば」

「言わないでね、私のこと。余計なことは言わない方がいいの」

エリ子の口調に混った苦いものに、成瀬もいやでも気付いた。

「――お送りします」

「ありがとう」

二人は学校の構内を歩いて行く。

「平田さんが告訴を取り下げたのは、良かったです」

「ええ。お金でかたは付いたわね。だけど、どうして急に和解に応じたのか……」

二人が、少しゆっくりと青空の下を歩いて行くと……。

構内を行く父母の中に混って、誰かがカメラを成瀬とエリ子に向けて、シャッターを切っていた……。

電話が鳴っていた。

「――出ないの？」

と、万里子が訊く。

「うん」

平田はゆっくりと息をついて、「いいんだ」

「でも――」

「分ってる。米倉さんからだ」

「ああ……。あの、消費者運動の」

「怒ってるんだ。――まあ、当然だけど」

平田の部屋のベッドで、二人は肌を寄せ合っていた。

万里子がちょっと笑って、

「昼間から、こんなこと……。私、悪い女になったわ」

「いいさ」

平田が万里子を抱き寄せる。「今日は休みだ」

――電話が沈黙した。

平田は、K電機との和解金から一千万円の借金を返し、訴訟を取り下げた。

米倉はカンカンになっている。——仕方ない。平田は、プライバシーの細部まで説明する気にはなれない。

もちろん、万里子との関係など、知れたら、米倉はもっと怒るだろう。

——また電話が鳴り出した。

「しつこいな」

「ねえ」

と、万里子が思い付いたように、「奥さんからじゃないの？」

「まさか」

平田も、一瞬そう思ったので、万里子の言葉にドキッとしたのだった。

35 凶報

電話は鳴り続けていた。

「出てあげて」

と、万里子が平田をベッドから押しやるようにして言った。

「でも——もし充子だったら、何て言うんだ？」

そんなことを万里子に訊いても答えられるはずがない。分っていても、平田は自分がどう答えるか、見当もつかず、怖かったのだ。

受話器を上げて、

「——もしもし」

と、恐る恐る言ってみる。「もしもし？」

「——あなた」

やはり充子だ。平田はチラッと振り向いて、万里子と目を合わせた。

「充子……。お前——」

「元気？　毎日、ちゃんと食べてるの？」

充子は思いのほか元気そうだった。

「何とかやってるよ」

と、平田は言った。「お前の方は？」

「私も、『何とかやってる』ってところね」

と、充子は笑って言った。「そうそう。あの借金のこと、どうなった？」

「一千万のことか。何とか返したよ」

「本当？　新しく借金したの？」

「違う。K電機が和解金を払ってくれたんだ。それで返した」

「良かった！　ずっと気になってたの。ごめんなさい、迷惑かけて」

「まあ……すんじまったことだ」

と、平田は肩をすくめた。

万里子がそっとベッドを出ると、風呂場へと消えた。わざと外してくれたのだ。

「お前、今、どこにいるんだ？」

「――大阪」

「大阪か。あの男と一緒か、まだ？」

「そのために家を出たんだもの」

「まあ、そりゃそうだが……」

「ごめんなさいね。ひどい女房ね」

平田は、少し間を置いて、

「お前、もし――」

ピーッと信号音が聞こえる。

「もう切れちゃうわ。じゃあまたね！」

「おい、充子。――充子。もしもし？」

電話は切れた。

平田は、何か落ちつかない気分で、ベッドへ戻って仰向けになった。

もし……。俺は何と言おうとしたのだったろうか。

もし帰りたかったら、帰って来い。

そう言いかけたのだ。――お人好しもいいところだ！

向うは、男と楽しくやっているのに、こっちが心配してやる必要なんてあるものか。

そうだとも。

「――奥さん、何て？」

万里子が、バスタオルを体に巻いて立っていた。

「別に。――借金がどうなったか心配してかけて来ただけさ。もう自分が追われることはないと分って、ホッとしてるだろ」

「じゃ……」

「男と楽しくやってるとさ。いい気なもんだ！」

万里子はベッドに腰をおろし、

「そんなわけ、ないわ」

と言った。「それなら電話して来ないわよ」

平田は万里子を見た。


「すんだのか」

前川が廊下に顔を出した。

「ええ」

充子は、置いた受話器をつかんでいた手を離した。

「旦那、何か言ってたかい？」

「いいえ。元気そうにしてたわ」

「そうか。借金はどうしたって？」

「何とか――親戚から借り集めて返したそうよ。返すの、大変でしょうけどね」

「そりゃまあ、良かった」

前川はタバコに火を点けて、「そろそろ――」

「行くわ」

充子は肯いた。――ほとんど足をむき出しにしたキャミソール姿。

「まだまだ若い体してるよ。いい客がつくさ」

「ええ」

充子は、前川の笑顔に凍るような冷たさを感じた。

恋人を金で売って恥じない男。――私が恋したのはこんな男だったのか。

「何をぐずぐずしてる」

スポーツがりにサングラスをかけた顔が覗いた。「子供の遊びじゃねえぞ。早くしろ」

「今行きます」

充子は、前川と目を合わせないようにして、電話していた廊下から、部屋へ入って行った。

「お前は、もう若くねえんだ。頑張らねえと指名が来ないぞ」

「はい」

充子は目を伏せて、同じキャミソール姿の女の子たちの間へ腰を下ろした。

二十代の女の子たちの間に入ると、自分の四十四という年齢を感じないわけにいかない。

遊び感覚で、こんな仕事をしている子もいるようだ。

でも――どうなのだろう。誰だって、心の奥深い所で何を抱えているか、他人には分らないものだ。

「――じゃ、後で」

と、前川がちょっと顔を見せて、すぐに行ってしまった。

つい笑顔を見せてしまう自分が、充子は情けなかった……。

「ええ、そりゃあね、こっちだって面白くないですよ」

と、英俊の不機嫌な声が、エリ子の目を覚まさせた。

電話しているのだ。――相手は誰なのか。

「こっちは何もしゃべっちゃいない！　話が洩れるとすりゃ、あんたのとこだろ」

大方、合併話が洩れたことで、M銀行の人間を相手に怒っているのだ。そんな話、どこで誰が聞いて、しゃべっているか分ったものではないのに……。

怒ってもどうにもならないことで怒る。――大人になり切れていない人間のよくやることだ。

正に、英俊はそういう男だった。

エリ子も、「社長の息子」の英俊にはひかれていた。自分が父親に比べて、器量でも能力でも劣っていることを、よく分っていた英俊。――いつも店に来てグチをこぼす英俊を、エリ子は慰める役回りで、それが楽しくもあった。

ところが、今の英俊は違う。

すっかり人が変ってしまったように、高圧的にふるまうようになった。

いや、人が変ったのでなく、手に入れてしまった「社長」の地位に酔っているのだ。

そして、自分の「力」に溺れている……。

こうしてベッドを共にしてみても、エリ子は英俊を少しも可愛いと思わなくなってしまった。

「――ああ、分ってる。社内は俺が何とでもするよ。文句言う奴はクビにすりゃすむ。そっちがしっかりしてくれよ。――いいね」

段々声が大きくなる。そんなことも、当人は気付いていないのだ。

ピピピ……。

甲高い音に起き上ると、英俊の携帯電話が鳴っている。

「電話よ」

と、エリ子は声をかけた。

「出てくれ」

と、英俊は電話の送話口を押えて言った。

エリ子は肩をすくめて、英俊のバッグから携帯電話を取り出した。

「――はい、もしもし。――ええ、私、木下よ。――社長さんは他の電話に出てて。――え？」

エリ子の顔がこわばった。

英俊は、ほとんど八つ当りに近い言い方でＭ銀行の担当者に文句を言うと、

「やっと胸がスッとした！」

と言って、「誰からだ？」

「――武藤さん」

もう電話は切れていた。「すぐ会社へ来てくれって」

「もう夜だぜ。何だっていうんだ？」

「事故ですって」

「事故？」

「また洗濯機で感電して――」

英俊が眉をひそめて、

「何だって？　また？」

「同じ型のものよ。交換していない製品で」

「畜生！　また何やかやと言われるな」

英俊はベッドに引っくり返って、「放っとけ。みんなその内忘れる」

「何言ってるの！　早く会社へ――」

「武藤がいるんだろ？　あいつに任せとくさ」

エリ子は少しの間英俊を見ていたが、ベッドを出ると手早く服を着た。

「おい、どこへ行くんだ？」

「会社よ。一応これでも取締役ですもの」

「おい……。分ったよ」

と、英俊はため息をついて、「俺も行く。待ってくれ」

「急いで。――マスコミが大変よ」

「誰か死んだのか、それで？」

「ええ」

と、エリ子は言った。「五つの女の子が亡くなったそうよ」

36 引責

美紀は玄関を入って、

「ただいま」

と、声をかけた。「――お母さん？」

真知子が急いで出てくる。

「静かにして」

と、押し殺した声で、「お父さん、やっと眠ったの」

美紀は戸惑って、

「やっと、って……。まだ八時だよ」

「ゆうべも、その前の晩も、一睡もしてないの」

「そう……」

美紀も、父がゆうべ帰らなかったことは知っていた。

「TV、我慢してね」

「そんなこと……。子供じゃないよ、私」

と、美紀は口を尖らして言った。

「ごめんなさい」

と、真知子は微笑んで、「お腹空いたでしょう？　すぐあたためるから」

「うん。お腹のグーグーいう音で、お父さん、目を覚ましちゃうかもしれない」

と、少しおどけて言ってみたものの……。

正直、二度目の感電事故、しかも死んだのが五歳の女の子、というので、マスコミは大騒ぎをしている。

そして、やっとみんなが忘れかけた、あの出来事——成瀬が札束の入った菓子箱を持って行って、TVカメラに散らばった札束が映し出された、あの出来事が、また改めて放映されていた。

成瀬は、重苦しい顔になって、ほとんど口をきかなくなった。——ことに、一度は欠陥品を新製品と交換すると約束しながら、社長が替ると拒否したK電機の姿勢に、批判が集中していた。

美紀は着替えをして夕食のテーブルにつくと、

「でも、今度はお父さん一人が目立つわけじゃないよね」

と言った。

「ええ……」

真知子はご飯をよそって、「さ、あんたはそんなこと気にしないで食べなさい。――ミュージカルの評判はどう？」

「うん。もう来年の話で大変。私も来年は舞台に出られるかな」

美紀は、少し大げさに明るい口調で言った。

「良かったわね。あの副部長さん――秋津さんだったっけ？　きれいな人ね」

「すてきでしょう？　憧れの的よ、部員の」

美紀は、わがことのように得意げに言った。

「後は期末試験ね。頑張って」

「はあい。せっかく忘れてたのに」

「忘れちゃ困るわよ」

と、真知子は笑って、「風邪ひかないようにね。もう寒いんだから――」

真知子の声が途切れた。

「お父さん……。ごめん、起こしちゃった？」

と、美紀は言った。

「いや……。別にそういうわけじゃない」

成瀬は、目の下にくまを作って、充血した目で美紀を見ると、「お前……大丈夫か」

と言った。

「大丈夫って——何が？」

「学校で何か言われないか」

「ああ……。みんな何も言わないよ。そんなこと、気にしないで」

「そうか……。それならいいが、心配でな」

「眠ってよ。ね、体こわしたら大変」

「うん。——心配かけてすまないな」

成瀬が戻って行く。

「お父さん」

美紀は、思わず父の後ろ姿に声をかけていた。「お父さんが悪いわけじゃないんだから！」

成瀬は振り向かなかった。ただ、足を止めて、小さく片手を上げて見せると、寝室へ戻って行った。

「大丈夫かな、お父さん」

「そうねえ……」

真知子にも、何とも言いようがない。

サラリーマンという哀れな人種。会社のやったことは、すべて自分のせいだと思ってしまう、その気持の持ち方。

それを笑うのは簡単だ。けれども、毎日の残業や休日のゴルフ、日曜日をつぶしての運動会など、二十四時間を会社に捧げなければ、出世はおろか、「普通のサラリーマン」でいることさえできない。

その暮しを何十年も続けて、突然変れと言われても……。

真知子は、平田あてに出した「偽の手紙」のことでは夫を許せなかったが、といって夫を責める気にもなれなかったのである……。


武藤は車を降りると、ちょっと左右を見てからマンションの中へ入って行った。

インタホンのボタンも、三回押すという打ち合せになっている。

「はい」

「武藤です」

ガラガラとインターロックの扉が開く。

武藤は木下エリ子の部屋へと上って行った。

「――どうも」

と、武藤は開いたドアの中へと滑り込んで、「社長は？」

「中にいるわ」

と、エリ子の口調に、苦いものがにじむ。

「なるほど」

居間を覗いた武藤は、酒くさい部屋の空気に少し顔をしかめて、

「飲ませたんですか？」

「自分で飲んだのよ。子供じゃあるまいし、止められやしない」

英俊は、ソファに引っくり返って、いびきをかいて寝ていた。

「――泥酔状態ですか」

「何とか考えてよ、武藤さん」

と、エリ子は言った。「はっきり、マスコミの前に出て謝ればいいのに。頭を下げて」

「ご当人におっしゃいましたか」

「十回は言ったわね」

と、エリ子は言った。「でも、だめ。謝るなんて、俺のプライドが許さない、って。

――プライドが聞いて呆れるわ」

「エリ子さん。愛想づかしですか」

「武藤さん。私、辞表を書いたの」

と、エリ子は白封筒を持って来た。「これ、預けるわ。あなたに」

「私がいただいても――」

「事実上、あなたが社長代行じゃないの」

「とんでもない」

　武藤はソファにかけて、「やるなら、これが片付いてからです」

　エリ子が笑って、

「損はしない人ね。英俊さんの下じゃ、いずれこうなると分ってた？」

「さあ……。いずれにしても、この一件をうまく片付けないと、片岡弥介社長にも戻っていただけません」

「うまい手が？」

「要は、誰かが責任を取ることです。どんな形でも」

　武藤の言い方は、どこか含むものを感じさせた。

「英俊さんはいやだってわめくでしょ」

「それはそうです。弥介社長も、何といっても息子さんのことです。恥をかかせるのはおいやでしょう」

「じゃあ……私？」

「いえ、あなたも無理です。何といっても立場が微妙で、取締役が英俊さんの『彼女』だったと分れば、またマスコミの格好の話題です」

「はっきりおっしゃるのね」

「すみません」

「いいえ。いい加減な人より好きよ。それじゃ、誰をいけにえにするの？」

「成瀬君です」

——少し間があった。

「成瀬さん？　でも、あの人は係長よ、まだ」

「半年前の日付で、課長昇進の記録があります」

「じゃ……責任を取らせるために課長にするの？　可哀そうだわ！」

と、エリ子は思わず声を高くした。「いい人よ。真面目だし」

「分っています。お二人も大分親しくなられたようで」

「——何のこと？」

「成瀬君にあなたを担当してもらったのは、こういうときのためです。——エリ子さん、力を貸して下さい」

「私が……何をするの？」

「成瀬君一人で、みんなが助かるんです。これが一番いい方法です」

武藤の事務的な口調は、エリ子の当惑した表情、そしていびきをかいている英俊と対照的で、むしろユーモラスにさえ響いたのである。

37 見えない壁

ホームには冷たい風が吹き抜けていた。

もう十二月だ。二、三日前には、小雪さえチラついた。

それでいて、成瀬は脂汗をにじませて、寒風の中、ホームに立ちすくんでいた。

駅員が近付いて来て、

「お客さん、大丈夫ですか？」

と声をかけてくれる。

「ええ、何でもないんです」

早口に言い返す。その口調は、「放っといてくれ！」と言いたげで、駅員はちょっとムッとした様子で行ってしまった。

——俺のことを心配してくれているんだ。

その人に対して、何て態度を取ったんだ、お前は？　行け。行って謝れ。

しかし、成瀬には分っていた。自分が決して行きはしないということが。

——ホームは、もう空いていた。午前十時を過ぎたところである。

成瀬は、もう二時間近く、このホームに立って、来る電車、来る電車を見送っていた。そんな成瀬を見て、駅員が心配するのは当然だ。飛び込みでもするのでは、と思ったのだろう。

そんなことはしない。死んだりするものか。

――ただ、会社へ行けないだけなんだ。

いつもの時間に家を出る。しかし、こうして駅のホームに立つと、どうしても電車に乗ることができないのだった。

今日で三日目だ。――成瀬は、日に日に自分が深い泥沼へ埋もれて行くような気がしていた。

ふと気が付くと、さっきの駅員が、上司らしい男と話をしていた。チラチラと成瀬の方を見ている。

「あの人、危いですよ」

とでも話しているのだろう。

それとも――知っているのだろうか？

「あいつは、Ｋ電機の奴だ」

と話し合っているのか。

「札束の入った菓子箱を落っことした、ドジな奴さ」

まさか！　誰もニュースでちょっと見ただけの顔なんか憶えてやしない。

そうだろうか？　――いやいや、ＴＶってのは凄く大勢の人間が見ているのだ。何千万もの人間が。

そんなに沢山の人間が、成瀬のことを知っている。「人殺しのＫ電機」の社員だということを知っている……。

二人が成瀬の方へやって来ようとした。成瀬は逃げ出した。こわばってしまった膝がきしんで音をたてるようだ。

急いでホームから階段を下り、駅から外へ出た。

どうしよう。どこへ行こう？

昨日も一昨日も、成瀬は町の中をぶらつき、たまたま来たバスに乗って、どこか分らない所で降り、歩き、喫茶店に入った。――一日は、気が狂うほど長かった。

こんなことなら、会社へ行ってる方がましだ。

そうだ。明日はちゃんと行こう。

――そう思ったのだが、今日もこうして出て来てしまった。どうしてなのか、自分でも分らない。出社したところで、別にかげ口を叩かれるわけでも、みんなに無視されるわけでもない。それなのに……。

「――成瀬さん」

信じられない思いで、振り返った。

「木下さん……」

木下エリ子が、車の窓から顔を覗かせていた。

「乗って」

「しかし……」

「いいから、乗って」

「はい」

成瀬は、助手席に乗った。「――木下さん」

「黙って。少しドライブしましょ」

エリ子は、車をスタートさせて流れに入ると、「外よりあったかいでしょ、車の中の方が」

と、笑みを見せた。

「――ご心配かけて、すみません」

「奥様は？」

「知っているはずです。無断欠勤ですからね。当然人事の子が電話を入れてるでしょう」

「でも、何もおっしゃらない？」

「そうなんです。帰ると、いつもの通り、『お帰りなさい』と迎えてくれて……。何も言わずにいてくれるだけ、申しわけないと思ってるんですが……」

「成瀬さん」

と、エリ子は言った。「そうやって、『申しわけない』って思ってばかりいるのが、あなたが会社へ行けない理由だと思うわ」

成瀬は、じっと前方を見つめて、

「仕方ありません。こういう人間ですから」

不意に、成瀬が膝に置いた手に、エリ子の手が重なった。成瀬がびっくりして、

「危いですよ！　事故を起します」

エリ子は声を上げて笑った。

「――何がおかしいんです？」

「心配性ね、本当に」

「まだ死にたくありませんからね」

反射的にそう言っていた。しかし――そうだろうか？　俺は「まだ死にたくない」のか？

「成瀬さん。ホテルに寄りましょ」

少しの間、成瀬はぼんやりしていた。

「──何とおっしゃったんです？」

「ホテルへ寄ろうって言ったのよ。何時間も取らせないわ」

成瀬が呆然とエリ子を見ている。

「──あなただって、キスしたじゃないの」

「でも……」

「私、英俊さんとはもうやって行けないと思ってるの。もちろん、彼と別れたら、取締役でもいられないし……」

車がカーブして、細い道へ入って行く。

「でも、木下さん──」

「エリ子と呼んで」

「エリ子さん……。僕はもうだめな男です」

「そうね」

エリ子は車をホテルの駐車場へ入れた。「私、だめな人に惚れるくせがあるのかも」

もちろん──とんでもないことだった。

美紀が矢田とかいう学生と付き合っているのを知って叱った自分が、こんなことを？

だめだ！　だめだ！

「──さあ、行きましょう」

エリ子は先に降りて、助手席の側へ回って来ると、ドアを開け、手を伸ばした。

「——さあ」

成瀬は、その手を取った。


「もう少々お待ち下さい」

と、その男は英俊の不愉快そうな顔など一向に気にするでもなく、言った。

「もう少々、って——。もう三十分も待ってるんだぞ」

と、文句を言っても、

「もう少々お待ち下さい」

と言うばかりで、「失礼いたします」

ドアが閉ってしまう。

「——畜生！　人を馬鹿にしやがって！」

片岡英俊は立ち上って、Ｍ銀行の支店の応接室の中を、グルグルと歩き回った。

「人のことを呼びつけといて、何だ、畜生！」

と、怒ってみても、相手がいないのではどうにもならない。

なお、十分近くも待って、やっとドアが開く。

「遅いじゃないか！」

と、支店長の顔を見るなりかみつく。

「失礼しました。大事な打ち合せがありまして」

支店長は穏やかに言った。「こちらの方との」

英俊は、支店長の後から入って来た、三つ揃いを着た、「あまりによく知っている人間」に呆然とした。

「父さん！」

片岡弥介は、心もちやせているものの、血色はむしろ良くなって、少しの衰えも感じさせなかった。

「座れ」

と、弥介は力のある声で言った。

「父さん……。元気になったの」

「見舞いにも来んから、さっぱり分るまい」

と、弥介は苦笑して、「ま、しかしお前のおかげで元気になったようなもんだ。K電機をお前にゃ任しておけん」

「父さん――」

「話はすべて聞いた。――K電機はH電気と合併せんぞ」

「僕は――」

「それから、創業時からの古参社員をクビにすることも許さん」

英俊は顔をこわばらせた。

「社長は僕だ！」

と、むきになって言ったが、

「もうお前は社長じゃない」

と、弥介は言った。「お前が飲んだくれて、マンションに引きこもっていた間に、お前は解任された」

英俊が真っ青になる。

「――お前はニューヨーク支社へ行け。社員三人のオフィスで、何もしなくていい。アル中にはなるなよ。母さんがついて行くかもしれん」

弥介は、支店長の方へ、「では、融資の件、何とぞよろしく」

「早速本店にはかります」

弥介は応接室を出ようとして、

「一緒に行くか」

と、息子へ訊いた。

英俊は少しの間、黙って父親を見ていたが、

「――いや、自分で帰るよ」

と言った。

「そうか。——ああ、それから、木下エリ子取締役には留任してもらうことになったからな」

弥介はそう言って、出て行った。

ソファに呆然と座った英俊のこめかみを、ツッと一粒の汗が落ちて行った。

38　傷あと

携帯電話が鳴った。

クリーニング店の車のいいところは、どんな所で停っていても、ふしぎには思われないということだ。

「——はい、平田です」

何となく分っていた。「万里子だろ?」

「どうして分るの?」

と、笑いながら、「TV電話、ついてるの、その車?」

「君の息づかいで分る」

「ありがとう。——今夜は、行けそうもないの」

「そうか……。残念だな」

「あのね、片岡弥介社長が戻ったのよ」

「戻った?」

「社長の椅子にね。元気になったの!」

平田は、井上万里子の話を聞いて、

「そりゃ面白い。いや、面白いと言っちゃ悪いかな」

「いいわよ。英俊さん、急に老け込んじゃって」

万里子は、少し間を置いて、「それで……今夜は社長さんと会うの」

「──そうか」

平田の胸が痛んだ。万里子と一緒に暮したいと思い始めていたのだ。

しかし、もともと万里子は片岡弥介の「愛人」だった。平田とは比べものにならない男だ。

「社長に話すわ」

と、万里子は言った。「あなたの所へ行くってこと」

平田が顔を紅潮させて、

「万里子……。本当か?」

「疑うの?」

「いや、そうじゃない! ──ありがとう、万里子」

「私の方よ、それは。じゃ、今夜、ともかく電話するわ」

「待ってる。何時でもいい。何なら──できれば、君が来てくれれば」

「明日の仕事があるわ」

と、万里子は言った。「朝まではいられないのよ」

「構わない。待ってるよ！」

飛び上りたい気分だった。

平田は、鼻歌など歌いながら、店の前に車を停めた。

「――帰ったよ」

と、声をかけると、

「平田さん！　この方たちが……」

「え？」

男が二人、コートをはおったまま立っている。

「平田さんですね」

「ええ」

「A署の者です」

刑事？　――平田は何のことか見当もつかなかった。

「何でしょう？」

と、平田は訊いた。


病室の奥のベッドへ、平田はそっと近付いて行った。

顔を包帯でグルグル巻きにされた女が寝ている。

「――充子、ですか」

「分りますか？」

「いや、これじゃ……。目を開けてくれればね。でも、眉の形とか、確かに充子だと思います」

平田は刑事の方へ、「何があったんですか？」

刑事は平田を再び病室の外へ連れ出し、

「顔を刃物で切られたんです」

と、小声で言った。

「切られた？　誰が一体――」

「働いていたヘルスで、客の要求を拒んだら、その客が暴力団員だったんです」

平田は愕然とした。

「じゃ……充子は東京に？」

「歌舞伎町ですよ」

大阪と言っていたのは、嘘だったのか！

「男と一緒に住んでいたらしいんですが、その男は逃げてしまいました。もう金づるにならないと見切りをつけたんでしょう」

と、刑事は言った。「ええと……色々おありでしょうが、奥さんと確認された場合、どうなさいますか」

平田は、重苦しい気分で、病室の閉じたドアを振り返った。

――元気でやっているような電話をして来たのは、平田へのせめてもの謝罪の気持からだったのだろう。

もうそのときには、男がどんな人間か、分っていたはずだ……。

「――夫婦間のことは、傷が治ったら話し合います」

と、平田は言った。「お手数をかけました」

「それはありがたい」

と、刑事はホッとして、「あれだけひどい傷をつけられると、精神的なショックが大きいでしょう。ご主人がいて下さると思えば、立ち直りますよ」

平田は、我がことのように喜んでくれる刑事の言葉に、胸が熱くなった……。

「――はい」

受話器を上げると、成瀬真知子は怯えるように声を出した。

「――もしもし？」

「奥さんですか？　私、会社の永田です」

「あ、どうも……」

「ご主人、今出社なさいましたよ」

真知子は、大きく息をついて、

「——そうですか！」

「いつもと変らない様子です。大丈夫ですよ」

「ありがとうございます！」

永田あずみが、心配して電話してくれていた。

真知子は、夫が帰っても何も言わなかったのだ。今、夫自身が必死で何かと闘っていることを、知っていたからである。

「また、何かありましたら、ご連絡します」

「どうかよろしく」

受話器を耳に当てたまま、真知子は何度も頭を下げた。

——今夜は、何時に帰っても、夕食の仕度をしておこう、と思った。食べなくてもいい。作って待っていた、と知ってくれれば。

玄関のチャイムが鳴った。

美紀かしら。

出てみると、

「M新聞の者です」

と、その男は名刺を出し、「伺いたいことがあって」

「あの――主人はいませんが」

ドアを開けてしまったことを後悔した。

「ええ、存じてます。奥さんに伺いたいんですよ」

「何のことでしょう?」

「K電機の洗濯機で、初め、副田ユキさんという方が亡くなりましたね」

「ええ……」

「そのとき、平田さんを中傷する手紙を出しましたか?」

真知子は顔から血の気のひくのが分った。

答えているのと同じだ。

「やはり事実なんですね」

「待って下さい!　それは――会社の命令だったんです」

と、真知子は必死で言った。

「会社の?」

「ええ、何人かで手分けして書けと言われて――」

と、真知子は言いかけたが、「なぜそんなことを……」

「週刊誌、ご覧になっていないんですか、まだ」

「何のことでしょう?」

記者が週刊誌を取り出した。

「今日発売の号です」

真知子はページをめくった。

〈卑劣な被害者攻撃! ——《札束入り菓子箱》男の妻が、被害者の家へいやがらせの手紙を出し続けた……。〉

こんな記事を、どこで?

一体何だろう、こんなこと……。

「奥さん」

「お帰り下さい!」

真知子は記者を半ば強引に押し出して、必死に落ちつこうとした……。

39 裏切り

大会議室に片岡弥介が姿を現すと、集まった社員たちの間にどよめきが広がった。

「——弥介社長を見かけた」

という噂は飛んでいたが、やはり現実に元気な姿を目にして、みんな驚きに捉えられていた。

片岡弥介は、真新しい三つ揃いで、以前よりややスリムになり、しかし声には少しも変らない張りがあった。

傍らの武藤へ肯いて見せると、片岡弥介は、マイクを使わずに充分通る力強い声で言った。

「諸君、ご苦労さんだった。——色々、みんなも私も苦労した。しかし、本日をもって、私はK電機社長の椅子に戻った」

社員たちの間にため息が洩れ、パラパラと拍手も起ったが、弥介はそれを抑えて、

「息子、英俊は今日付でニューヨーク支社長に転出した。当人の希望でもあり、英会話の能力を活かす道とも思って決めた」

と、続けた。

もちろん、誰も弥介の言葉をまともに受け取ってはいない。しかし、こう言うしかない弥介の気持はよく分っていたのである。

「K電機は、まだまだいくつもの問題に直面している。しかし、諸君と力を合せ、一つ一つ解決して行こう。そうすれば、きっと、道は開ける」

拍手が起った。それこそ、自然発生そのものの拍手である。

最も熱心に拍手していた一人が成瀬だったことは、言うまでもない。

「前回の事故の犠牲者については、この武藤君の尽力によって、無事示談が成立した。そして、今回の新しい事故については……」

と、弥介は額にしわを刻んで、「同型の製品はすべて回収し、新製品と代える。そして、亡くなった子供さんの遺族には、充分な誠意を見せる以外、方法はない」

聞いていた永田あずみが、

「助かった……」

と、呟くのが、成瀬の耳に入った。

いつも消費者の抗議電話に出て、苦労している実感がこもっている。

「それから、創業以来の古い同志である社員たちは、一人も辞めない。今こそ、彼らの経験と知恵が必要なのだ」

と、弥介が言うと、また拍手が起った。

「じゃあ、よろしく頼むぞ。私も頑張る」

拍手は一段と盛り上った……。


「——良かったわね」

席へ戻ると、永田あずみが言った。

「ああ……」

成瀬は、悪い夢からさめたようで、半ば呆然としていた。

英俊がいなくなり、弥介が戻った。これで、きっと遺族との交渉もはかどるだろう。

「でも、面白いわね」

と、あずみが言った。

「——何が？」

「英俊さんは飛ばされたけど、木下取締役はそのままですってよ」

木下エリ子……。

成瀬は、つい何時間か前、ホテルのベッドの中で木下エリ子を抱いていた自分が、信じられなかった。——あれは、現実だったのか？

「——成瀬さん」

と、秘書室の女性が呼んだ。「武藤副社長がお呼びです」

成瀬は、武藤に言われたことを、忘れていなかった。

「わが社が正常な状態に戻ったら、君は課長だ」

そう言われたことを。

急に胸がときめいて、頰がカッと熱くなった。

成瀬は、武藤の席へと、胸を張って歩いて行った。今朝までの「出社拒否」が、嘘のようだ。

「——お呼びですか」

と、成瀬は武藤の前に立った。

「ああ。——ちょっと待ってくれ」

武藤は、読みかけの書類をしばらく見ていたが、やがて顔を上げると、「君か。——何だね？」

成瀬は戸惑った。

「あの……。お呼びと伺ったので」

「そうか。——ああ、そうだった」

武藤はメモを引き寄せ、「君、二日間、無断欠勤だったね」

成瀬は一瞬返事ができなかった。——武藤は成瀬を見上げて、

「どうしたんだ、一体？」

と言った。「今日も遅刻。みんなが社長の下で一丸となって頑張らねばならんときに、係長の君が無断欠勤じゃ、若い者にしめしがつかない。そうだろう？」

「――はい」

成瀬の声はかぼそく、震えていた。

「まあ、君には木下取締役のお守りを頼んで、君も疲れていただろうから、これ以上は言わない。しかし、これからこんなことがないようにしてくれよ」

「申しわけ……ありません」

成瀬の顔からは、一転して血の気がひいていた。

「よし。もう行っていい」

武藤は、電話をかけて、「――あ、こちらはK電機の武藤です。――どうも。支店長はおいでですか？」

武藤は、成瀬がまだ立っているのを見て、

「何か話でもあるのか？」

と言った。

「いえ……。別に」

「じゃ、仕事へ戻れ。――もしもし。武藤です。――どうも、先日は……」

成瀬は、自分でも気が付かない内に席へ戻っていた。

何だ、一体？　あの武藤の態度は、何だったんだ？

無断欠勤？　それがどうしたっていうんだ！

「――成瀬さん、大丈夫？」

と、あずみが訊いた。「真っ青よ。気分、悪いの？」

「いや……何でもない」

成瀬は、仕事に戻ろうとしたが、何も手につかなかった。

武藤のあの態度は、二人で食事しながら話したことが、何もかもでたらめだったことを告げている。

それなのに……。あの言い方は何だ？

俺は……懸命にやった。言われた通り、必死でやった。

成瀬は、叫び出したかった。

じっとしていられなくて、急いで席を立つと、トイレへ駆け込んで、水で思い切り顔を洗った。激しく、何度も洗った。

水がワイシャツのえりを濡らし、首筋から胸へ伝い落ちて行ったが、構わなかった。

「畜生……。畜生……」

と、呟く。

そうだ。真知子に手伝わせて、平田あての手紙まで書かせた。

それさえ何の評価もしないつもりか。

――成瀬は、ペーパータオルで顔を拭くと、トイレを出た。

「成瀬さん」

と、声をかけて来たのは、経理の女の子だった。

「何だい？」

と、息をつく。

「これ……読みました？」

おずおずと差し出された週刊誌を、成瀬は受け取った。

40 破局

「お母さん？」

帰宅した美紀は、家の中が真暗なので、戸惑った。

「どこに行ってるんだろう？」

今夜、出かけるなんて言ってなかったのに。

——そう遅い時間ではなかったが、昼の短い季節である。

明かりを点け、美紀はカーテンを閉めた。

ふと——目が床に落ちている週刊誌に止った。

こんな風に投げ出してあるなんて、妙だ。

美紀は、それを拾い上げて、パラパラとめくった。

「——まさか」

思わず呟く。〈卑劣な被害者攻撃！《札束入り菓子箱》男の妻が、被害者の家へいやがらせの手紙を出し続けた。〉

「お母さんが？」

「――美紀」

と言われて、びっくりして振り向くと、母が立っていた。

「お母さん……。いたの」

「美紀――。その記事は嘘よ。でたらめよ！」

真知子は叫ぶように言って、泣き出してしまった。

「お母さん……。しっかりして！」

美紀は、真知子をソファへ連れて行くと、「大丈夫？　こんなもの、勝手に言わせときゃいいのよ」

真知子は、しばらく目を閉じていたが、

「――お父さんに言われてやったことなの」

と、目を開けて言った。

「お父さんが、こんなことを？」

「少しでもK電機が有利になるように、って言われて。いやだったけど、仕方なかった……」

「でも……」

美紀は、床へ座り込んでしまった。

「――今日、新聞社の人も来たわ。新聞にも出るかもしれない」

「ごめんね、美紀……。まさかこんなことになるなんて……」

「ひどいわ……」

美紀は立ち上ると、

「カーテン、閉める」

と、全部の部屋の明かりを点け、カーテンを閉めて回った。

「買物に出たら、ご近所の奥さんに言われたの。『奥さん、筆まめなのね』って……。顔から火が出るようで、逃げて帰って来て、じっとしていたの」

美紀は、週刊誌を取り上げると、記事を全部読んだ。

「――本当なの？　手紙のせいで、平田さんが奥さんと別れたって」

「さあ……。奥さんが浮気しているのを、見てしまったの。それを、自分の夫が相手だという形で手紙を書いて、平田さんあてに出したの」

「信じられない！」

「美紀。お父さんは、少しでも認められようとして必死だったのよ。とても、いやとは言えなかった……」

美紀は、ちょっと笑った。真知子が当惑して、

「何がおかしいの？」

と訊く。

「何も私、悪いと思う必要なんかなかったのね。気をつかって、損しちゃった！」

「何のこと？」

「矢田君と寝てたことよ」

「美紀、あの子とは……」

「会ってたのよ、こっそり。会う度に寝てたの。でも、もう別れちゃったけどね」

真知子は、美紀の言い方にひそむ怒りを感じて、叱る気にもなれなかった。

「大人なんて、汚ないよ！」

美紀は叫ぶように言った。「子供に向って、偉そうな説教しないでよね！」

「美紀。——どこに行くの？」

「どこだっていいでしょ！」

美紀は、叩きつけるように言うと、出て行った。

真知子は、深くため息をついて、玄関のドアが乱暴に閉められるのを聞いていた。


「よろしいですか」

ドアを細く開けて、万里子は言った。

「おお、よく来たな」

片岡弥介が嬉しそうに言った。

「お仕事ですか」

　万里子は社長室へ入ってドアを閉めると、

「退院されたばかりなのに、急に、そんなに……」

「いや、俺にとっては仕事が何よりの薬さ」

　と、弥介は言った。「元気が溢れてくるようだ」

「お元気になられて、本当に良かったですわ」

「K電機を潰すわけにはいかん」

　――夜、社長室に残って、弥介は一人で帳簿を見ていた。

「あまりお見舞に伺えなくて、すみませんでした」

　と、万里子は言った。

「なに、ずいぶん働いてくれたそうじゃないか」

　と、弥介は言った。「おかげで、平田の方は安く上った」

「社長さん……。私、そんなつもりではありませんでした」

　と、目を伏せる。

「――武藤から聞いた」

　弥介は椅子に座り直し、「本気になったのか」

「はい」

「平田を、愛してるのか」

「はい」

「ふむ……。確か、あのデモが押しかけて来たとき、会ったな」

と、肩をすくめ、「どうってことのない、パッとしない男だったぞ」

「それでも好きなんです」

万里子は頭を下げて、「許して下さい」

「出て行くのか、あそこから」

「何もかも置いて行きます」

「そんな必要はない。自分の物は持って行け」

「でも……あそこでの暮しも、幸せでしたから。その思い出だけで充分です」

万里子は、ちょっと微笑んで、「そのお元気なら、また若い人があそこへ入りそうですね」

「からかうな」

と、弥介は笑った。「――もうそんな気もない。金目当てでない若い女が寄ってくるなんてことは、もうないさ」

「社長さん――」

「いくらか払わせてほしい。せめてもの気持だ」

万里子は、深く頭を下げ、

「許して下さっただけで充分です」

と言った。「では、もう失礼します」

「うん……。平田は女房と離婚したのか？」

「いえ、正式には。——でも、妻になることにはこだわりません」

「そうか。幸せになれ」

「ありがとうございます」

万里子は、もう一度頭を下げて、社長室を出て行った。


玄関で音がして、真知子はハッと立ち上った。

「美紀？」

と、急いで走って行く。

しかし、ドアを開けても、人の姿はなかった。——空耳だろうか？

ため息をついて、ドアを閉めると、足下の封筒に気付いた。

ドアの下から差し入れて行ったらしい。何だろう？

いい予感はしなかったが、真知子はそれを拾って居間へ戻った。

美紀が出て行って、もう三時間たつ。夫からも連絡はない。

チラッと時計に目をやって、真知子はその封筒を開けた。

中から、写真が数枚出て来た。

夫だ。――一緒にいるのは、美紀の文化祭のときやって来ていた、木下エリ子だった。

二人が寄り添って、ホテルへ入って行くところ。そして出て来たところ。疑いようのない写真だった。

あの人が……。

真知子は、写真を床へ叩きつけた。

電話が鳴る。ギクリとして、一瞬身がすくんだが、美紀からかもしれない、と思うとすぐに手がのびる。

「――もしもし！」

「真知子か」

「――あなた」

「読んだか」

「週刊誌のこと？　もちろんよ」

と、真知子は言った。

「すまん……。どうしてこんなことになったのか、俺にも分からないんだ」

「どうして帰って来ないの？」

「――今、武藤さんの所だ。いや、待ってるんだ。帰りを」

「そうですか」

「真知子――」

「木下エリ子さんと一緒じゃないの？」

成瀬がしばらく黙って、

「――何の話だ」

「とぼけるのは下手ね。お二人でホテルに入ったところを、わざわざ写真にとって下さった方がいるの」

「何だって？」

「良くとれてるわよ。こうして見ると、いい男ね。気が付かなかったわ」

「真知子――」

「どこへでも泊ってくればいいでしょう！」

真知子は、そう言って受話器を置いた。

――血が煮え立つようで、こめかみに脈が打っている。

何が……どうなってしまったんだろう。

「美紀……」

どこへ行ったの？

突然不安になって、真知子は家から飛び出した。鍵をかけることなど、忘れて。
真知子は、夜の道を、ただやみくもに歩き出した。

41 抱擁

あれがそうか?

――成瀬は、何台もタクシーが通る度に、武藤が帰って来たのかと目をこらしていたので、もう、あまり期待しなくなっていた。

しかし、そのタクシーは成瀬のすぐ目の前で停り、確かに武藤が降りて来たのである。

やっと帰って来たのか。――こっちは木枯しに吹かれて、体の芯まで冷え切って、何時間も待ち続けていたのだ。

「つりはいいよ」

武藤が気前よく言って、

「どうも!」

運転手が元気に答えた。

タクシーが走り去って――武藤は、街灯の明かりの下に立つ成瀬に気付いた。

「何だ。君か。何してる、こんな所で?」

武藤は珍しく赤い顔をしていた。

「祝盃ですか。英俊さんをうまく追い出して」

「それは君だって望んでたことだろ？」

「ですが……。どういうことなんです？　週刊誌にあんな記事が――。あんな細かいことは、武藤さん、あなたがしゃべらなきゃ、分りっこない！」

　武藤は微笑んで、

「あれは、新生〈K電機〉にとって、うまくない記事だね。きちんと誠意ある対応をする。それが我々のやり方だ」

　成瀬は啞然として、

「つまり……手紙を書けと言ったことも、否定するんですね」

　声が震える。「あなたに言われてやったことだとしゃべってやる！　僕一人じゃないんだ。何人もがやってる。知らないなんて言わせるもんか！」

　武藤は平然として、

「君一人だよ」

　と言った。

「――何ですって？」

「あんなものを出したのは君一人だ。他の誰にでも訊いてみるがいい。僕が命令したなんて証言する者はいないよ」

成瀬は膝が震えて、立っているのもやっとだった。

「調べてみるといい。そんな会合をやったという記録も、会議室利用簿に残っていない。君の話だけだよ」

「――騙したんですね！　あんたは……」

「君は、ＴＶカメラの前で、現金入りの菓子箱を落したときから、もうクビになっていたのも同然なんだ。今まで待っていてやっただけさ」

武藤は淡々と言った。「〈Ｋ電機〉のマイナスのイメージを、君は一人で負っているわけだ。そんな君を課長にしたりしたら、また何と言われるか。――辞表を出せよ。今なら、退職金も払ってやる。これ以上マスコミで騒ぐようになったら、それも難しくなるからな」

成瀬はよろけて街灯にしがみついた。

武藤だけではない。あのとき、「手紙を出そう」と相談し合った、全員が成瀬を騙していたのだ……。

「しっかりしろよ。帰れるか？」

と、武藤が言ったとき、車が一台、寄せて来て停った。

「遅いから、迎えに来たわよ」

運転席の窓から顔を出したのは、木下エリ子だった。「――あら」

成瀬に気付く。

「具合でも悪いの？」

「人を信じる、という、厄介な病気にかかってるのさ」

と、武藤は笑って言うと、「君、運転してくれよ。俺は飲んでるから」

「ええ」

武藤が助手席に乗ると、エリ子は成瀬へ声をかけて、

「今朝は楽しかったわ」

と言った。「あなたも疲れたでしょ。少しゆっくり休んでね」

――車が走り去る。

成瀬は、エリ子とホテルへ行った写真が家へ届けられたことを思い出して、すべてを察した。

何もかも、武藤の計画だったのだ。

成瀬は、どうせ捨てる駒だったのだ。いいように使って、捨ててしまえばそれでおしまい……。

それを俺は――。真知子にまであんなことをさせてしまった。

「真知子……」

成瀬は、夜の道をよろけるように歩き出した。

風の冷たさが、もう気にもならない。

「——そうですか。どうも……」

美紀は、がっかりして受話器を置いた。

電話ボックスの中にいても、足下から冷えてくるのは、美紀の内側の「寒さ」のせいだったろう。

「——秋津さん」

先輩の秋津百合子の家が見える所まで、美紀は来ていた。——二回、電話したが、秋津百合子はまだ帰っていない。

父のこと、母のこと。——何もかもやり切れない。

母に向って怒鳴ってみたが、それほど腹を立てたわけではない。美紀も、父の辛さ、苦しさを分っている。母が、あんな手紙を喜んで出したわけではないことも、知っている。

それでも、どうして自分だけがこんな目に遭うのだろう、とつい考えてしまうのだ。

楽しいこと、幸せなことの一つぐらいあったっていいじゃないの。

——矢田に裏切られたこと。その傷が、まだうずいている。それをいやしてくれるのは、秋津百合子だけだ……。

百合子の胸に抱かれたかった。あの胸のふくらみに甘えて我を忘れたかった。

でも、帰っては来ない。――みんな、私を見捨てていく。

電話ボックスを出て、重い足どりで歩き出した。

もし、今、見も知らない男から声をかけられたら、どこへでもついて行ってしまいそうな気がした。お金なんかいらない、自分をめちゃくちゃにしてしまいたかった。

明るい笑い声。

ハッと足を止めると、百合子が夜道をやってくる。

美紀は、立ちすくんでいた。

百合子がしっかりと腕を組んで歩いているのは、美紀が見たことのない男の子。――大学生らしい背の高い若者だった。

二人は、ふと足を止めると、抱き合ってキスしていた。――美紀には分る。互いを抱く手の動きを見れば、二人がただの「友だち」なんかでないことは。

「百合子さん。――先輩」

フラフラと、自分でもよく分らない内に歩み寄っていた。

百合子はびっくりして男から離れると、

「美紀さん……。どうしたの？」

「ごめんなさい……。どうしても……会いたくて、待ってたんです」

と、美紀は言って、「でも——いいんです、もう。ごめんなさい」

美紀は駆け出した。

——黙って消えてしまうべきだったのは分っている。

でも——それではあまりに自分が惨めだった。せめて、あそこにいたこと、ずっと待っていたことを、知ってほしかった。

美紀に悪いことをした、と百合子が思ってくれないか。追いかけて来て、

「私が愛してるのはあなただけよ」

と、やさしく言って、キスしてくれないか……。

でも、結局、誰も追っては来なかった。

そんなことは起らないのだ。——そんなことは、この世では起らないのだ……。

美紀は歩き続けた。涙が、知らない内に頰を伝い落ちていた。


「——真知子」

と、呼んでみる。

家の中が空っぽなのは、入ったときから分っていた。

成瀬は、玄関の鍵がかかっていないので、心配だった。

居間の床に写真が散らばっている。木下エリ子とホテルへ行った写真。

今ごろ、武藤とエリ子は、どこかのベッドで成瀬のことを笑っているのだろう。

そして週刊誌……。成瀬は胸が痛んだ。

俺が——俺が何も分らず、あんな奴の言うことを信じたばっかりに……。

真知子……。すまん。

成瀬はコートを脱いで落とした。ネクタイをむしり取るように外すと、ワイシャツのボタンをひきちぎった。

苦しかった。見えない縄が首をしめつけているようで。

縄か……。縄。——そうだ。

俺は何の役にも立たない。会社のためにも、家族のためにも。

縄だ。今、必要なのは縄だ。

洗濯機のわきのカゴの中に、ビニールロープが細い蛇のようにとぐろを巻いていた。

これでいい。——俺一人ぐらいぶら下っても切れやしないだろう。

天井に、照明器具用のフックが出ている。

——あれで大丈夫かな?

大人一人の重さには堪えられないかもしれない。

ロープを手に、成瀬はウロウロと家の中を歩き回った。

そして今の家には、首を吊るのに都合のいいようなはりもなければ、充分な高さもない、いということを発見したのだった――。

居間に戻ると、成瀬は足を止めた。

「――美紀」

美紀は、床に座って、父と木下エリ子の写真を見ていた。

「美紀……」

「よく撮れてるじゃない」

と、美紀は写真を目の前にかざして、「お父さんもいい男だね」

「やめてくれ」

美紀は、父が手にしたロープを見て、

「――それ、どうするの？」

と訊いた。

「いや……別に……」

「ずるいよ！　一人で勝手に死なないでよ！」

と、美紀は甲高い声を上げた。

「美紀――」

「死ぬのなら、その前に私のこと、殺して」

「馬鹿言うな！」

「何が馬鹿よ！　お父さんもお母さんも、あんなひどいことして。私、みっともなくって生きていけやしないわ！」

成瀬は、言葉がなかった。

「友だちもいなくなるわ。恋人だって逃げ出すわ、こんな私のことなんか見捨てて。――さあ、殺してよ。私を殺してから死んで」

美紀は立って来ると、父の手からロープを引ったくり、自分の首へグルグルと巻きつけて、「引いてよ！」

と、叫ぶように言った。「さあ、両手でこのロープをギュッと左右へ引張ってよ！」

「美紀――」

「同じようなことして来たじゃないの！　偽の手紙で、夫婦を別れさせたりして、人の一生、めちゃくちゃにして来たんでしょ！　同じことよ。私の首を早く絞めて、殺してよ！」

美紀の言葉は、涙の発作の中に埋れていった。「殺してよ……。もう……もう、いやだ……。何もかもいやだ……」

「美紀！　――すまん！」

成瀬は美紀を抱きしめた。

二人はそのまま膝をついて、成瀬は肩を震わせて泣く美紀を、必死で抱きしめていた。

——そのとき、玄関の方で、

「成瀬さん！　いませんか！」

と、声がした。

「——はい！」

成瀬が我に返って、「ちょっと……待って下さい」

あわてて玄関へ出て行くと、近所に住んでいる受験生である。

「あ、僕、今そこのコンビニに夜食買いに行ったんですけど……。そんなこと、どうでもいいんですけど……」

「は？」

「今、そこで、奥さんが車にはねられて……」

「——真知子が？」

成瀬が真青になった。「美紀！　大変だ！　母さんが——」

美紀も飛び出して来た。

二人は、受験生の男の子に言われた方へ駆けて行った。

「真知子！　——死ぬなよ！　——今行くぞ！」

「キャッ！」

角を曲りばな、誰かとぶつかって、成瀬は尻もちをついた。美紀が足を止めて、

「――お母さん」

「ああ、びっくりした！」

真知子が起き上って、「お父さんなの？　ちゃんと前見て歩いてよ！　私を殺す気？」

「でも……お前、車にはねられたと……」

「え？　ああ、コンビニの駐車場に入って来た車に、お尻をドンって突かれて転んじゃったのよ。何ともないわ」

「そうか……」

「それより……。ああ、せっかく買って来たお弁当の中身が……」

真知子はコンビニの袋を取り上げて、「ちゃんと食べてよ。自分の責任なんだから」

「分った……」

成瀬はポカンとしていた。――真知子のこの「強さ」に比べて、俺は何だ？　こんなことで首を吊ろうとして……。

「――美紀、どうしたの、そのビニールロープ？」

「あ、これ……」

ロープを首に巻きつけたまま、駆けて来てしまったのだ。「あのね……新しい流行なのよ」

「へえ。――みっともないわよ」

「うん、私もそう思う」

美紀はロープを外して、「お母さん、私のお弁当もある?」

と訊いた。


充子が、うっすらと目を開けた。

「――痛むか」

平田が覗き込むと、充子は包帯を巻かれた顔を動かそうとして、苦痛に呻いた。

「じっとして! いいんだ。動くな。傷が開く」

夜の病室では、自然、ささやくような声になった。

「あなた……」

口を開けないので、言葉はやっと聞きとれるくらいだった。

「馬鹿だな。どうして大阪にいるなんて嘘をついたんだ」

「ごめんなさい……。あんな男に……」

「もういい。そんな奴のことは忘れろ。そいつも、その内痛い目に遭うさ」

平田は、充子の手を握った。

「あなた……」

「心配するな。早く治って、帰って来いよ」

充子が泣き出した。平田は立ち上ると、

「痛み止めを飲む時間だ。──今、水を持ってくる」

と、コップを手に、病室を出た。

薄暗い廊下に、井上万里子が立っている。

「奥様は……」

「うん。今──、目を覚ました」

平田は、押し殺した声で、「こんなことになるとは思わなかった……。今、あいつを見捨てるわけには──」

「ええ、分ってるわ」

と、遮って、「それでこそ、あなたらしいわ。私のことなら心配しないで。一人で生きて行くのには慣れてるわ」

「万里子──」

平田の唇に指を当てて言葉を封じると、万里子はそっと唇を触れて、

「──楽しかったわ」

「僕もだ。青春が戻って来たようだった」

二人は、微笑んだ。

「それじゃ」

と、万里子は言った。「奥様を大切にね」

「ありがとう」

万里子はそのまま足早に行ってしまった。

平田は空のコップを手に、万里子が見えなくなってもなおたたずんでいたが、やがて我に返ると、水をくみに行った。

充子が痛みに堪えて待っているのだ。――みんな、色々な痛みを抱えて、それでも、これが一番いい方法なのだ。そう分っているのだ。

「今晩は」

すれ違った看護婦さんが、笑顔で声をかけた。「奥さん、目が覚めました?」

「ええ、おかげさまで」

と、平田は会釈して、水を入れたコップを手に、病室へと戻って行った。

エピローグ

「そうか」

武藤は肯いて、成瀬の〈辞表〉を受け取ると、「確かに。——退職金のことは、人事の人間と相談してくれ」

成瀬は、こうして武藤の前に立っていても、ふしぎに腹は立たなかった。

「副社長。教えて下さい。私は何のためにあんなことをさせられたんですか」

「簡単だよ」

と、武藤は言った。「君は初めから選ばれていた。『責任感に押し潰されて自殺する中間管理職』にね。君ならきっと死を選ぶと思った。そうすると、マスコミの追及の手が緩(ゆる)くなる。だが君は意外に図太かったね」

「計算違いで、申しわけありません」

「まあ、他の所で頑張ってくれ。——それに木下エリ子取締役が君に同情して、すべての責任をかぶせるのに反対した。これも計算違いだったね」

成瀬はゾッとした。——もし自殺していたら、色々な責任を一人で負い込んでいくことになっただろう。

「お世話になりました」

「ご苦労さん」

——当り前のやりとりで、成瀬はK電機の社員としての日々をしめくくった。

自分の席へと戻って行く途中のオフィスの光景が、まるで初めて見るもののように、成瀬の目に映った。

もう、ここは俺の居場所ではないのだ。——それでも、まだ片付けるものが残っている。

成瀬は自分の席に戻ると、引出しの整理を始めた。

解説

藤田香織（書評家）

いきなりですが質問です。

あなたが、いちばん最後に「手紙」を書いたのは、いつ、誰にですか？

と問われて、すぐに思い出せる人は、二〇一八年秋現在、おそらくごく少数派だと思われます。かくいう私も、もうまったく思い出せません。少なくともこの十年以内には、一通も出していない気がします。

もちろん、仕事の関係で必要な書類などに一筆添えて送ったり、結婚式や各種お祝い事の案内に返信したりすることはあります。けれど、それは「手紙」とはやはり違うもの。


振り返ってみれば、私の学生時代には手紙を書くという行為はごくごく日常的なものでした。中学・高校時代には、友人同士、手渡しで手紙のやりとりをすることが流行っていて、家や学校の授業中に、些細な出来事を書いては送りあったセーラー服やたけのこや星型に折られた手紙が、今も実家に沢山残っています。ちょっと特別な時には、わざわざ可愛い便せんを買い求めに行ったこと。封筒とセットのものにするか、あえて別々のものを選ぶか迷ったこと。恰好つけたくて、辞書を引きながら難しい漢字を使ってみたり、普段話している言葉遣いとは違う表現をあえてしてみたり。そうそう、熱に浮かされるようにして書きあげたラブレターを翌朝読み返し赤面する、というのも手紙あるあるでしたよね。

その当時、電話はひとり一台ではなく一家に一台。ワープロもパソコンもまだ普及しておらず、手紙＝手書きでした。やがてポケベルからＰＨＳ、携帯電話と個人的な伝達手段がまたたく間に普及して、パソコンで世界中に瞬時にメールが送れるようになり、それが携帯電話でもできるようになりました。スマートフォンの普及率が八割を超えたといわれる今は、告白も別れ話もＬＩＮＥで、というのもよくある話。ちなみに先日、現在中学生の姪に手紙について聞いてみたところ（ＬＩＮＥで！）、これまでに切手を貼った手紙を出したことがない、と言っていました（そもそも郵便局に行ったこともないそうです）。

かくも手紙事情は時代と共に大きく変わってきたわけですが、本書『明日に手紙を』は、そんな手紙が登場人物たちの人生に大きな作用をもたらす長編作です。

まずは軽く物語を振り返っておきましょう。

ことの起こりは、娘夫婦と同居する副田ユキなる六十七歳の女性が、洗濯機の不具合を確認に行き感電死する事故の発生でした。問題の洗濯機の製造販売元であるK電機工業は、設計の際の指定とは違う材質の部品が使われていた、つまりは自社のミスであることを早々に把握したものの公には認めようとせず、なんとか大事にならずに収めようとします。

現場責任者の管理課長で社長の息子でもある片岡英俊は、その場しのぎの浅知恵で、部下の成瀬広志に見舞金とも示談金ともとれる札束を菓子箱に入れて持たせ、ユキの通夜に向かわせます。ところが、ちょっとしたトラブルから、マスコミの前でその金をばらまいてしまい、結果テレビで放送されてしまう。こっそり金で解決しようとしたことが露呈して、K電機工業の印象は悪化。対応を苦慮しているうちに、工場の品質管理責任者がミスを認めカメラの前で謝罪してしまい、社長の片岡弥介や副社長の武藤は、いよいよ社としての対応を迫られることになるのです。

不買運動を起こされ広まってしまえばダメージははかり知れない。K電機工業としては、何としても阻止したい。そこで参謀役の武藤は、不買運動の先頭に立つであろう被害者遺族の平田敬（ユキは妻の実母なので苗字が違うんですね）を陥れ、夫婦仲を裂こうと一計を案じたのでした。

実行役に任命されたのは、そうとは知らず持たされたとはいえ、後ろ暗い大金をテレビカメラの前でばらまいてしまった成瀬。平田夫婦を揺さぶるための「手紙」を出せと命じられた成瀬は、それを妻の真知子に丸投げします。人を陥れるために嘘の手紙を書くなんて、まったく気は乗らないものの、以前心労から血を吐いて倒れたことがある夫の身を案じて、真知子はそれを引き受ける——という経緯です。

果たして真知子はどんな手紙を書いたのか。そして、それはどのような「効果」をもたらしたのか。ここで詳しくは触れませんが、本書のポイントとなるのは、そこに至るまでの紆余曲折、過程にあります。

ストーリー的には、創業者一族による企業の私物化と、呆れるほど悪質な隠蔽工作、危機管理能力の薄さから思いがけない方向へと事態が転がっていく展開が読みどころの主軸といえましょう。早々に示唆される〈大きな不祥事があると、たいてい中間管理職が自殺します。そうすると、何となく非難の矛先が鈍るものです〉という、言わば生贄問題の成り行きも気になります（余談ですが、広義では「遺書」もまた「手紙」なので、ちょっとハラハラしてしまいました）。

読み進めながら、アホぼんな英俊はいうまでもなく、弥介のワンマンぶりや、策士のように振る舞う武藤の「作戦」に呆れ、実母を亡くした充子やその夫の平田、崖っぷち社員の成瀬らが、安易に「その手」に乗ってしまうことを嘆いた読者の方もおられましょう。けれど、よくよく考えてみると、大企業でも官庁でも、エリート会社員でも誠実と見られていた芸能有名人や、正直に言えば私自身も、こんなことは絶対にあり得ない、とは言い切れないのが現実です。いけないとわかっていても、保身に走る。ダメだと思っているのに流されてしまう。楽なほうへ、心地良いほうへ、簡単なほうへ、嬉しいほうへ。身を任せてしまえば楽になれる流れのなかで、立ち止まり、踏ん張ることは容易ではありません。

けれどそこに、成瀬真知子の書いた「手紙」が、じわじわと効いてくる。

それは、狙いどおりの効果だけではなく、何よりも真知子自身が、目を逸らしてきた夫への思いや家族の問題を見つめ直すきっかけになっていくのです。

本書の単行本が刊行されたのは一九九八年四月（中央公論社）で、今から二十年以上も昔になりますが、おそらく「手紙」が「手紙」として違和感なく通用する、これがギリギリ最後の時代だったと思われます。長野オリンピック&パラリンピックが開催され、映画「タイタニック」がブームになり、パイレーツの「だっちゅーの」が流行語大賞に選ばれたこの年は、携帯電話でショートメールのサービスが始まって間もなく、ようやくドコモから漢字が使える機種が出てきたころでした。「手紙」のような、時間をかけて思いを相手に伝える手段は、この後、あっという間に廃れていきました。

迷いながら便せんや封筒を選び、あれこれ悩みながら文字を連ね、住所を書き、封をして、切手を貼り、郵便局やポストに出しに行き、先方に届くまでの間にまたあれこれと思いを巡らしてしまうあの時間は、今はもう面倒であり手間だと思う人がほとんどでしょう。

手紙は日常的なものではなく、特別な意味を持つ手段になりました。もしも本書が、二〇一八年現在の物語であれば、真知子は平田にメールかLINEを含むSNSでの接触を命じられるのが自然な成り行きで、となれば、話はまったく違う展開をみせたはず。

でも、だからこそ、本書を読んでいると「手間」ということについて考えさせられるのです。メールやLINEの返信のみならず、何をするにも、どんな決断を下すにもスピード勝負な今の世の中を生きる私たちは、ともすれば勢いで放った自分の言葉や判断に、後悔することも少なくありません。家族を思いやることに、誠実に仕事をするように、夫婦関係を円満に保てるように、恋人と別れることにさえも、時間や労力を惜しまずにかける。その大切さに改めて気付かされるのでした。

最後に。作者である赤川次郎さんは、原稿用紙にサインペンという手書きで作品を執筆されることも広く知られていますが、作家生活四十周年を迎えた一昨年（二〇一六年）の雑誌インタビュー（「野性時代」三月号）でも、未だそのスタイルを貫いている、と語られていました。デビュー以来、これまでに発売された六百を超える作品は、いってみれば赤川さんから読者への手紙。通勤通学の電車内で、家事の合間に、眠れない夜、現実逃避したいとき、赤川作品を読んでふっとひと呼吸吐いた経験は、きっと誰にもあるでしょう。真知子の手紙が周囲の人々の人生を変えたように、赤川作品の影響が、いつかどこかで、私たちの人生に作用することだって、大いにあり得ます。

こうして装いも新たに生まれ変わった旧作を手に取る楽しみもさることながら、昨年には映画のスクリプター（記録係）の女性を主人公に据えた新シリーズの『キネマの天使　レンズの奥の殺人者』（講談社）も刊行され、人気シリーズの主人公たちもまだまだ衰え知らず（いや、厳密にはいろいろありますが、そこも含めての〝現役感〟といえましょう！）。初めて知らされる話も、懐かしい人物たちが活躍するエピソードも、それぞれに違った発見と感動と喜びをもたらせてくれます。

これから先、新たにどんな手紙が赤川さんから届けられるのか。まだまだ期待して待たせて頂きましょう！

一九九八年四月　中央公論社刊
二〇〇一年九月　中公文庫刊

実業之日本社文庫　好評既刊

赤川次郎
毛並みのいい花嫁
ちょっとおかしな結婚の裏に潜む凶悪事件に、亜由美と愛犬ドン・ファンの迷コンビが挑む！「賭けられた花嫁」も併録。（解説・瀧井朝世）
あ１１

赤川次郎
花嫁は夜汽車に消える
30年前に起きた冤罪事件と〈ハネムーントレイン〉から姿を消した花嫁の関係は？　表題作のほか「花嫁は天使のごとく」を収録。（解説・青木千恵）
あ１２

赤川次郎
MとN探偵局　悪魔を追い詰めろ！
麻薬の幻覚で生徒が教師を死なせてしまった。17歳女子高生・間近紀子（M）と45歳実業家・野田（N）のコンビが真相究明に乗り出す！（解説・山前 譲）
あ１３

赤川次郎
花嫁たちの深夜会議
ホームレスの男が目撃した妖しい会議の内容とは⁉　亜由美と愛犬ドン・ファンの推理が光る。「花嫁は荒野に眠る」も併録。（解説・藤田香織）
あ１４

赤川次郎
MとN探偵局　夜に向って撃て
一見関係のない場所で起こる連続発砲事件。犯人の目的とは……？　真相解明のため、17歳女子高生と45歳実業家の異色コンビが今夜もフル稼働！（解説・西上心太）
あ１５

赤川次郎
許されざる花嫁
長年連れ添った妻が、別の男と結婚する。新しい夫には良からぬ噂があるようで…。表題作のほか1編を収録した花嫁シリーズ！（解説・香山二三郎）
あ１６

実業之日本社文庫　好評既刊

赤川次郎
四次元の花嫁
ブライダルフェアを訪れた亜由美が出会ったのは、ドレスも式の日程も全て一人で決めてしまう奇妙な新郎。その花嫁、まさか…妄想!?（解説・山前 譲）
あ1 13

赤川次郎
哀しい殺し屋の歌
「元・殺し屋」が目を覚ましたのは捨てたはずの実の娘の屋敷だった。新たな依頼、謎の少年、衝撃の過去――。傑作ユーモアミステリー！（解説・山前 譲）
あ1 14

赤川次郎
演じられた花嫁
カーテンコールで感動的なプロポーズ、でも……ハッピーエンドが悲劇の始まり!?　大学生・亜由美に事件はおまかせ！　大人気ミステリー。（解説・千街晶之）
あ1 15

池井戸 潤
空飛ぶタイヤ
正義は我にありだ――名門巨大企業に立ち向かう弱小会社社長の熱き闘い。『下町ロケット』の原点といえる感動巨編！（解説・村上貴史）
い11 1

池井戸 潤
不祥事
痛快すぎる女子銀行員・花咲舞が様々なトラブルを解決に導き、腐った銀行を叩き直す！　テレビドラマ「花咲舞が黙ってない」原作。（解説・加藤正俊）
い11 2

池井戸 潤
仇敵
不祥事を追及して職を追われた元エリート銀行員・恋窪商太郎。彼の前に退職のきっかけとなった仇敵が現れた時、人生のリベンジが始まる！（解説・霜月 蒼）
い11 3

実業之日本社文庫　好評既刊

伊坂幸太郎
砂漠
この一冊で世界が変わる、かもしれない。一瞬で過ぎる学生時代の瑞々しさと切なさを描いた一生モノの傑作長編！　小社文庫限定の書き下ろしあとがき収録。
い121

今野 敏
殺人ライセンス
殺人請け負いオンラインゲーム「殺人ライセンス」の通りに事件が発生!?　翻弄される捜査本部をよそに、高校生たちが事件解決に乗り出した。（解説・関口苑生）
こ28

今野 敏
叛撃
空手、柔術、スタントマン……誰かを、何かを守るために闘う男たちの静かな熱情と、迫力満点のアクションが胸に迫る、傑作短編集。（解説・関口苑生）
こ29

今野 敏
襲撃
なぜ俺はなんども襲われるんだ――!?　人生を一度は放棄した男と捜査一課の刑事が、見えない敵と闘う痛快アクション・ミステリー。（解説・関口苑生）
こ210

今野 敏
マル暴甘糟（あまかす）
警察小説史上、最弱の刑事登場!?　夜中に起きた傷害事件は暴力団の抗争か半グレの怨恨か。弱腰刑事の活躍に笑って泣ける新シリーズ誕生！（解説・関根 亨）
こ211

今野 敏
男たちのワイングラス
酒の数だけ事件がある――茶道の師範である「私」が通うバーから始まる8つのミステリー。『マティーニに懺悔を』を原題に戻して刊行！（解説・関口苑生）
こ212

実業之日本社文庫　好評既刊

東野圭吾
白銀ジャック
ゲレンデの下に爆弾が埋まっている――圧倒的な疾走感で読者を翻弄する、痛快サスペンス！　発売直後に100万部突破の、いきなり文庫化作品。
ひ11

東野圭吾
疾風ロンド
生物兵器を雪山に埋めた犯人からの手がかりは、スキー場らしき場所で撮られたテディベアの写真のみ。ラスト1頁まで気が抜けない娯楽快作、文庫書き下ろし！
ひ12

東野圭吾
雪煙チェイス
殺人の容疑をかけられた青年が、アリバイを証明できる唯一の人物――謎の美人スノーボーダーを追う。どんでん返し連続の痛快ノンストップ・ミステリー！
ひ13

東川篤哉
放課後はミステリーとともに
鯉ケ窪学園の放課後は謎の事件でいっぱい。探偵部副部長・霧ケ峰涼のギャグは冴えるが推理は五里霧中。果たして謎を解くのは誰？（解説・三島政幸）
ひ41

東川篤哉
探偵部への挑戦状　放課後はミステリーとともに
美少女ライバル・大金うるるが霧ケ峰涼の前に現れた――探偵部対ミステリ研究会、名探偵は『ミスコン』＝ミステリ・コンテストで大暴れ!?（解説・関根亨）
ひ42

吉田恭教
凶眼の魔女
幽霊画の作者が謎の自殺。疑問を持った探偵の槙野康平は調査に乗り出すが、連続猟奇殺人事件に巻き込まれてしまう。恐怖の本格ミステリー！
よ61

実業之日本社文庫 あ116

明日(あした)に手紙(てがみ)を

2018年12月15日　初版第1刷発行

著　者　赤川次郎(あかがわじろう)

発行者　岩野裕一
発行所　株式会社実業之日本社
〒107-0062　東京都港区南青山5-4-30
CoSTUME NATIONAL Aoyama Complex 2F
電話［編集］03(6809)0473［販売］03(6809)0495
ホームページ　http://www.j-n.co.jp/
DTP　ラッシュ
印刷所　大日本印刷株式会社
製本所　大日本印刷株式会社

フォーマットデザイン　鈴木正道（Suzuki Design）

ISBN978-4-408-55445-7（第二文芸）